血　淚

일청젼장의 총쇼리는 평양일경이 떠나가는듯ㅎ더니 그 총쇼리가 긋치미

사람의 조취는 쓰너지고 샨과들에비린씌글쑨이라

평양성외 모란봉에 써러지는져녁볏은 누엇〜너머가는듸 져히빗을 붓드

러미고시푼마음에 붓드러미지는못ㅎ고 숨이덕에단드시 갈팡질팡ㅎ는 흔

부인이나히 삼십이되락말락ㅎ고 얼골은분을짜고넌드시 힌 얼골이 누인졍

업시 쓰겁게 누리쏘히는가을볏에 얼골이익어셔 션잉도빗이되고 거름거리

눈 허동지동ㅎ눈듸 옷은흘러ㄴ려셔 젓가슴이다드러ㄴ고 치마짜락은싸헤

질々쌜려셔 거름을걷는듸로 치마가발피니 그부인은아무리 급흔거름거리

를 ㅎ더리도 멀리가지도못ㅎ고 허동거리기만흔다

남이 그모양을볼지경이면 져럿케어엿분 졀문녀편네가 슐먹고힝길에ㄴ와

셔 쥬졍흔다흘터이나 그부인은 슐먹엇다ㅎ눈말은 고사ㅎ고밋쳣다지랄흔

다ㅎ더리도 그싸위소리눈 귀에들니지 아니할만ㅎ더라

무슨소회가 그리되단흔지 그부인더러무를지경이면 듸답할여가도업시옥

년이를부르면셔 도라닷나더라

一

옥년아 ㅅㅅㅅ 옥년아 ㅅㅅㅅ 쥭엇느냐사럿느냐 쥭엇거던 쥭은얼골이

라도 훈번다시 란느보자

옥년아 ㅅㅅㅅ 사랏거든 어미의를그만씨히고 어셔밧비니눈에 보하게ᄒ

여라

옥년아 총에맛저쥭엇느냐 창에씰려쥭엇느냐 사름의게불펴 쥭엇느냐어

리고ㅅ훈살에 가시가박힌것을 보아도어미된 이니마음에 니살이지긔엽

게압푸던 니마음이라

오날아참에 집에셔떠느올썩에옥년이가 니압헤셔셔 아장ㅅ거러단니

면셔 어머니어셔갑시다ᄒ던 옥년이가 어듸로갓는야

ᄒ면셔옥년이를차지려고 골몰훈졍신에 옥년이보다 열갑졀스무갑졀더소

중ᄒ게싱각ᄒ는 사름을일코도모르고 옥년아만불으며 다니다가 목이쉬고

긔운이 탈진ᄒ야 산비탈잔듸풀우에 털셕쥬저안젓다가 혼자말로 옥년아

버지는 옥년이ᄎ지려고 저건너손밋ᄒ로가더니 어듸싸지군누ᄒ며 옥년이

를 ᄎᆺ던마음이 훌지에변ᄒ야 옥년아버지를 기다린다

기다리는사름은 아니오고 인간사졍은조곰도 모르는셔양은 제빗다가가지고

져 갈데로가니 손빗은 점々머징을 가라붓는 드시거머지고 틔동강물소리는

그윽한디 젼졍에쥭은더운송장 서귀신들이 어둔빗슬트셔 낫々치이러느는

듯 늬압헤모아드는듯하니 규즁에셔싱장한 부인의마음이라 무셔운마음에

군이녹는듯하야 숨도크게쉬지못하고 안졋는디

홀연이언턱밋헤셔 사람의소리가 들리거눌 그부인이감아니드른즉 길일코

사름일코잇쓰는소리라

에구셩감하여라

이리가도길이업고 저리가도길이업스니 어듸로가면길을츠질가

는는손아희라 다리심도줏코 겁도업는 사람이언마는 이러한산빗탈에셔

이밤을시고 사람을차져다니려하면 이고싱이쇠럿케 틔둔하거든 겁도만

코 둔여보지못하던 녜편비가 이밤에 날을츠저다니느라고 오작고싱이

될가

하눈소리를듯고 부인의마음에 난리즁에 피란가다가 부々가셔로일코 셔

로죵젹을모르니 사라싱나 별을한듯하더니 하날이도아셔 다시만느본다하

야 반가온마음에 소리를질럿더라

三

여보는여긔잇소 날차저다니느라고 얼마나이를쓰셧소 ㅎ면셔급흔거름으

로언덕밋으로향ㅎ야 느려가다가 빗탈에너머저구르니 그부인이 언덕밋헤셔 올러오

던남즈가달려드러셔 그부인을붓드러이르키니 그부인이 정신을차려본즉

북두갈구리갓튼 농군의험훈손이 늬손에다니별안군에 션뜻훈마암에소름

이셰치면셔가슴아 덜쩍느려안고겁결에 목소리가느오지못훈다

그남즈도쏘훈 난리중에 제게집차져다니는스롬인틱 그게집인즉 피란갈쩨

에 팔승무영을 공풀훈되박이느 먹엿던지장작갓치 풀센처마를입고 느군

터이오 쏘그게집은 홈의쏫루 졀구공이다듬이방맹이 그러한셋구진일로자

라난농군의게집이라 그남즈가언덕의셔 소리ㅎ고나려오난 게집이제게집

으로알고 붓드럿난틱

그언덕에셔 부르든부인의손은 면쥬갓치부드럽고 옷은십이승아틱길 셰모

시치무가 이슬에눅엇난틱 그농군은제평싱에 그옷입은그런손길은 먼저보

기눈고사ㅎ고 쳐어다보지도못ㅎ던 위인이러라

부인은자긔남편이 아닌줄셰듯고 손아희도 제게집아닌줄아랏더라

부인은겁이느셔 군이셔늘ㅎ고 남즈는션녀를만는듯ㅎ야 흥김겁김에 가슴

이두군거리면서 숨소리는크고 목소리는아니나온다

그 부인의마음에 악가는호랑이 도무섭고 귀신도무섭더니 지금은호랑이는

와셔 나을잡아먹던지 귀신이나 와셔저놈을 잡아가던지 그런듯밧게일을

기다리나 호랑이도아니오고 귀신도ㅇ니오고 눈에보이는것은 말못ㅎ눈ㅎ

놀에별뿐이오 이산중에는 죄업고심업는 이뇌몸과 저몹슬놈과 둔두사람

뿐이라

사룸이겁이느다가 오릭되면 악이느는법이라 겁이눌쎄는 숨도크게못쉬다

가 악이느면 반벙어리 갓든사룸도 말이물퍼붓듯 나오는일도잇는지라

(부인)여보왼사룸이오

여보되답좀ㅎ오

여보남을붓들고 썰기눈우익그리쪄오

여보벙어리오 도젹놈이오 도젹놈이거든 늬몸에옷이느 버셔줄터이니다

그남즛가 못싱긴마음에 어긔둥ㅎ싱국이나셔 물훈마듸가 엄두가아니나던

위인이 불갓훈욕심에 물문이흠부루열럿더라

（남ᄌᆞ）여보원녜편네가 이밤즁에 여긔와셔잇소

아마시집사리 마다고도망ᄒᆞᄂᆞᆫ 녀편네지

도망군이라도. 붓드러다가 다리고살면 게집업ᄂᆞᆫ이보다 늘터이니 다리

고갈일이로구 다리고가기ᄂᆞᆫ ᄂᆞ즁일이어니와。。。。。。。。。。。。。。。。。

내가어제밤ᄭᅮᆷ에 이손즁에셔 장가를드럿더니 ᄭᅮᆷ도신통아맛친다ᄒᆞ면셔

무지막지ᄒᆞᆫ놈의 힝위라 불측ᄒᆞᆫ 소리가 졈〃심ᄒᆞ니

그부인이쥭어셔 이욕을아니보리라 ᄒᆞᄂᆞᆫ마ᄋᆞᆷ뿐이ᄂᆞ 어내름에 쥭을겨를도

업ᄂᆞᆫ지라

사람이 싱목숨을버리ᄂᆞᆫ것은 사람의제일 셔러ᄒᆞᄂᆞᆫ일인듸 쥭으려ᄒᆞ여도쥭

지도못ᄒᆞᄂᆞ 그부인생국은 엇덧타형용ᄒᆞᆯ슈 업ᄂᆞᆫ터이라

비러보면 죠흘가싱각ᄒᆞ야 이리빌고저리빌고 ᄀᆞ쇡으로비러보ᄂᆞ 그놈의귀

에비ᄂᆞᆫ소리가 쓸듸업고 ᄒᆞᆯ일업슬지경이라 언덕우에셔 원사람이 소리를

지르ᄂᆞᆫ듸 무슨소린지ᄂᆞᆫ모르ᄂᆞ 부인은그 소리를듯고 쥭엇던부모가 사라온

드시 깃분마ᄋᆞᆷ에 마쥬소리를질럿더라

（부인）사ᄅᆞᆷ좀살려쥬오。。。。。。。。。。。。。。。。。。。。。。。。。。。。。。。。。。。。。

호눈소리가 아무리 부인의 목소리라도 쥭을심을다듸려셔 지르눈밤소리라

손골이울리니 언덕우에사름이 또소리를자른다

언덕우와 언덕밋치 두군기리씸되는 지쳑을불변호는칠야에 셔로모양도

못보고 쏘셔로말도 못알아듯눈터이라 언덕우에사름이 총혼방을노흐니

밤중의총소리라 손이울리면셔 사름이모혀드는되 일본보초병들이러라

누구눈겁이만코 누구눈겁이업다호눈말도 알수업는말이라

세상에 죄잇눈스룸갓차 겁만혼스룸은업고 죄업눈사름갓치 다긔잇눈것은
업다

부인은총소리에도 겁이업고 도로혀 욕을면혼것만 텬힝으로녀기눈되

그남자는 제가불측혼마음으로 불측혼일을 바라든초이라

총소리를듯고 저를쥭이러온 스룸으로알고 다라눈다

발군날갓흐면 다라날싱의도 못홍엿슬터이눈 쌍샴혼밤이라 엽흐로비겨셔

기만호여도 알수업눈고로 죵겨업시다라눗더라

보초병이부인을잡아셔 압셰우고가눈듸 셔로말은못호고 벙어리가소를몰
고가듯혼다

七

（戒嚴中）게엄즁총소리라 평양셩군쳐에 잇던헌병이 낫〻히모혀드러셔 총

노흔군〻와 부인을다리고 헌병부로 향ᄒ여가니 그부인은어딘지 모르고

가나 셩도보이고 문도보이ᄂᄃ 졍신을차려 본즉 평양셩북문이라

밤은깁허 〻름의조취도업고 〻〻은 회를치며울고 긔ᄂᄅ려 염집평딘

문긔구녁으로 쥬둥이만 ᄂᄂ여 눗코짓ᄂᄂ다

닭소리 긔ᄀ소리에 부인의 불이 쌍에ᄯᄅ러지〻못ᄒ야 거름을멈치고 셧ᄂᄃ오

장이녹ᄂᄂ듯ᄒ고 눈물이압흘가린다 ᄀᄂᄂ영물이라 밤사람을아라보고 반가

와뛰여ᄂᄂ오다가 헌병이갈을ᄲᄼ여 ᄀᄅ를차려ᄒ니 ᄀᄀ쏘쎠드러가며 지〻ᄂᄂ

〻름도말을 통치못ᄒ거든더구나짐승이야。。。。。。。。。。。。。。。。。。。。。。。

（부인）깨야 너혼즈 집을지키고잇구ᄂ

우리가 피란갈ᄯ에 너를부엌에가두고 ᄂ왓더니 어디로ᄂ왓ᄂ냐

너와갓치집에 잇셧더면 이러흔일이 싱기지아니ᄒ얏슬것을 살곳차져가

ᄂ라고 쥭을길로드러갓다

ᄂᄂ사라와셔 너를다시 본다만은 셔방님도아니게시다 너를 귀의ᄒ던옥

연이도업다 ᄂ가녀와갓치 다리심이조흐면 방〻곡〻이 차저단일터이

느다리심도업고 셰상에만ᄉ ᅙ고 불상ᅙᆫ거ᄉ네편네라 겁ᄂᆞᆫ것만아

셔못다니깃다 닭도 쥬인업ᄂᆞᆫ집에셔 혼자울고 긔도 쥬인업ᄂᆞᆫ집에셔 혼

자짓ᄂᆞᆫ고ᄂᆞ

개야이리ᄂᆞ 오너라 ᄂᆞᄂᆞ어ᄃᆡ로잡펴가ᄂᆞᆫ지 ᄂᆡ발로거러가ᄂᆞ ᄂᆡ마음으로

가ᄂᆞᆫ거ᄉ이아니다

헌병이소리를질너 가기를저촉ᅙ니 부인이ᅙᆼ릴업시 헌병부로잡혀가ᄂᆞᆫᄃᆡ

개ᄂᆞᆫ명ᄉ지ᄉ며 싸라오니 그개짓고 ᄂᆞ오던집은 부인의집알러라

그놀은평양성에셔 싸흠결말나든 놀이오

성중에사람이 진저리ᄂᆡ던 쳥인이그림즛도업시 다쏙겨나가던놀이오

철환은공중에셔 우박쏘다지듯ᅙ고 총소리ᄂᆞᆫ 평양성건처가 다두러짜지고

사람ᅙ나도 아니남을듯ᅙ던놀이오

평양사람이일병 드러온다ᄂᆞᆫ소문을듯고 일병은엇더ᅙᆫ지 임잔란리에평양

싸흠 이익기ᅙ며 별공논이 다ᅙ고 별염녀 다ᅙ던그일병이 장마동에검은

구름ᄯᅥ드러오듯 셩ᄂᆡ셩외에 빈틈업시드러와 빅이던놀이라

본리평양성즁사ᄂᆞᆫ 사람들이 쳥인의작페에 견듸지못ᅙ야 산골로피란ᄀᆞᆫ사

九

롬이만터니 산중에셔는 청인군사를만느면 호랑이본것갓고 왼슈만는것갓

다 엇지흐야그럿케 감졍이사느우냐 할지경이면

청인의군사가 손에가셔 졀문부녀를보면 겁탈흐고 돈이잇스면 쎄셔가고

제게 쓸쎄업는물건이라도 놀부의심사갓치 작난흐니 손에피란간사롬은난

리를 훈충더겨는다 그럼으로손에피란갓던사롬이 평양셩으로 도로피란온

사롬도 만히잇셧더라

그부인은 평양셩북문안에셔 멋철젼에 손에피란도갓다가 산에도잇슬

슈업고 촌에 소는일가집에로 피란갓다가 단군방에셔 쥬인과손과 여덜식

구가 이틀밤을안져싀우고 하릴업시평양셩닉로 도로온지가 불과 슈일젼이

라 그쩍마음에 다시는쥭어도 피란가지아니흐다흐얏더니 오날식벽브타 총

소리는쳔지를뒤집어놋코 스면손쪽되기 들ㅡ가온듸에 불비가쏘다지니밖

기룰기다려셔 피란길을떠느난듸 아무것도가진것업고 졀문닉의와 어린쌀

옥년이와 단졔식구피란이라

셩중에 노우름쳔지오 셩밧게는송장쳔지오 손에는피란군쳔지라 어미가 자

식부르는소리 셔방이게집부르눈소리 게집이셔방부르눈소리 이러케사롬

찻ᄂ 쇼리뿐이라 어린아히를늬버리고 저혼자다라ᄂᄂ 사롬도잇고 두늬외

손을맛붓들고 마쥬찻ᄂ 사롬도잇더니 셕양판에ᄂ 그사롬이 다어딕로가고

업던지 보이지아니ᄒ고 모란봉아릭셔 옥년이부르고ᄃ니ᄂ 부인ᄒᄂ만남

아잇더라

그부인의 남편되ᄂ 사롬은 나히스믈아홉살인딕 평양셔 돈잘쓰ᄂ 가로 일홈잇

던 김관일이라 피란길인히중에 셔로일코 셔로찻다가 김관일은 져의집으

로혼즈 도라와셔 그날밤에빈집에 혼즈잇다가 밤중에 개가하도몸시짓거ᄂ

아러ᄂ셔 뒤문을열고 보려ᄒ다가 겁이ᄂ셔열지ᄂ듯ᄒ고 문틈으로버다보

기도ᄒ엿스ᄂ 발셔헌병이 그부인을압셰고가니 김관일은 그부인이헌병의

게붓들려가난줄은 싱극밧기오 그부인은 그남편이집에잇기ᄂ ᄯᅩᄒ ᄭᅮᆷ도아

니ᄭᅮ엇더라

김씨ᄂ혼자빈집에잇셔셔 밤시도록잠드지못ᄒ고 별싱극이 ᄃᄂ듯 북문밧

너른들ㅡ에 쳘환마져죽은송장과 죽으려고숨너머가ᄂ 반송장들은 제국ㅅ

제나라를위ᄒ야 젼장에나와셔 죽은장수와 군사들이라 죽어도졔직분이어

니와업ᄯᅳ러지고 곱들러저셔 봄바람에떠러잔곳과 갓치군곳마ᄃ 불에불

피고 눈에걸리는피란군들은 나라의운수런가 졔팔즈긔박호야 평양빅셩

되얏던가 쌍도죠션짱이오 사름도죠션사름이라 시우싸홈에고티등터지드

시 우리나라사름들이 남의나라싸홈에 이럿케참혹흔일을당호는가 우리

마누라는틱문밧게흔거름 나가보지못호던 사름이오 내쌀은일곱살된 어

린아히라어되셔 볼퍼쥭엇는가 슬푸다 저러흔송장들은 피가시내되야 딍

동궁에흘러들어 여을목치는쇼리 무심이듯지말지어두 평양빅셩의 원통호

고 셔른소리이아닌가 무죄히죄를밧는것도 우리나라사름이오 무죄히목숨

을지키지 못호는것도우리 나라사름이라 이것은 하날이지흐신일이런가

스름이지흔일이런가 아마도스름의일은 스름이진는거시라 우리나라 스름

이 졔몸문위호고 졔욕심만치우려호고 남은쥭던지 스던지 나라가망호

던지 흥호던지 제벼슬문잘호야 제살만찌우면졔일로아는 스람들이라

평안도빅셩은 염나딕왕이둘이라 흐나는황쳔에잇고 흐나는평양션화당에

안젓는감스라 황쳔에잇는염라딕왕은 나만코병드러셔 세상이 귀치안케

된스름을잡아가거니와 평양션화당에잇는감스는 몸셩호고지물잇는스람은

낫々치즈바가니 인간염라딕왕으로 집々에터 주쌔지겸흔 겸관이되얏는지

고 ᄉ를잘지니면 탈이업고 못지내면원집안에 동도가나셔 다죽을지경이라

졔손으로 버러 노혼졔지물을 마음노코먹지못ᄒᆞ고 쳔싱타고는졔목숨을 늠

의게밋녀 노코 잇는우리ᄂᆞ라 빅셩들을 불상ᄒᆞ다ᄒᆞ깃거던 더구나남의나라

ᄉ람이와셔 싸홈을ᄒᆞ나니 질알을ᄒᆞ나니 그러ᄒᆞ셔슬에 우리는피가ᄒᆞ고사

룸죽난것이 드우리나라강ᄒᆞ지못ᄒᆞᆫ탓이라

오냐 죽은ᄉ룸은ᄒᆞ릴업다 ᄉ라잇는ᄉ람들이나 이후에이러ᄒᆞᆫ일을 ᄯᅩ당ᄒᆞ

지아니ᄒᆞ게ᄒᆞ는것이 졔일이라 졔졍신졔가 ᄎ려셔우리나라도 남의나라와

갓치불근셰상되고 궁ᄒᆞ나라되야 빅셩된우리덜이 목숨도보젼ᄒᆞ고 지물도

보젼ᄒᆞ고국도션화당과 국골동헌우에 아귀ᄭ신갓튼 산ㅣ 염나딕왕과 산ㅣ

터주도못오게ᄒᆞ고 범갓고곰갓튼 타국사룸덜이 우리나라에와셔 곰히싸홈

할싱국도아니ᄒᆞ도록ᄒᆞᆫ후이라야 사룸도사룸인듯십고 사라도산듯십고 지

물잇셔도 졔지물인듯ᄒᆞ리로드

쳐량ᄒᆞ도이밤이여 평양빅셩은 어듸가셔 ᄉ싱중에 드럿스며 아귀갓튼럽나

딕왕은 어느구셕에빅엿스며 우리쳐즈는엇써케되얏는고

우리늬외금슬이 유명이죠튼ᄉ룸이오 옥년이를남달으게 귀ᄋᆞᄒᆞ던즈졍이

十三

라 그러ᄒᆞᄂᆞ 셰상에 뜻이잇ᄂᆞᆫ 남ᄌᆞ되야죽만 구ᄉᆞ히싱극ᄒᆞ면 ᄂᆞ라의큰일

을뭇ᄒᆞᄂᆞᆫ지라 ᄂᆞᆫ이길로쳔하구국을 단이면셔 남의ᄂᆞ라구경도ᄒᆞ고 ᄂᆡ공

부잘ᄒᆞᆫ후에 ᄂᆡᄂᆞ라ᄉᆞ업을흘이라ᄒᆞ고 밝기를기다려셔 평양을쩌나가니그

불셸가ᄂᆞᆫ듸ᄂᆞᆫ 만리타국이라

그부인은 일본군헌병부로 잡혀갓스나 규즁에셔싱장ᄒᆞᆫ부인이 그러ᄒᆞᆫ난리

즁에그러ᄒᆞᆫ 풍파를 격것다ᄒᆞᄂᆞᆫ말을듯ᄂᆞᆫ지 누가불상타ᄒᆞ지아니ᄒᆞ리오 통

변이말을젼ᄒᆞᄂᆞᆫ듸로 헌병장이고기를 기우리고불상ᄒᆞ다 가이업다ᄒᆞ더니

그밤에ᄂᆞᆫ군즁에셔 보호ᄒᆞ고 그잇튼날졔집으로 돌려보ᄂᆡ니 부인은ᄒᆞ로밤

동안에 셰상풍파를다지ᄂᆡ고 본집으로도라왓더라

아침날셔늘ᄒᆞ긔운에 빈집갓치 쓸쓸ᄒᆞᆫ것은업ᄂᆞᆫ듸 그부인이그집에 드러와

보더니 쳐창ᄒᆞᆫ마음이서로ᄒᆞ나셔 이집구셕에셔 ᄂᆞ혼ᄌᆞ 사라무엇ᄒᆞ리ᄒᆞ면

셔 마루ᄭᅳᆺ히털셕걸어안떠니 정신업시모흐로쓰러젓다

어졔날피란갈ᄯᅢ에 급ᄒᆞ고겁ᄂᆞᆫ마음에 밥도먹지아니ᄒᆞ고 ᄂᆞ섯다가ᄒᆞ로

날ᄒᆞ로밤에 고싱ᄒᆞᆫ일은 인군에 ᄂᆞᄒᆞᄂᆞᆫ인가시푼마음에 빅가고푼지다리

가압푼지 모르고지닛더니 ᄂᆡ집으로도라오니 남편도소식업고 옥년이도군

곳업고 엉성훈네기동과 적々훈마루우에 던문척々닷친방을보고 이몸이안

진치로 쓰러저업섯스면 조흐련만은 그럿치아니호면 무슨경황에 뉘손으

로저방문을열고 내발로저방으로드러갈가 호는혼자말을 다맛치지못호고

정신을이럿더라

평시졀갓흐면 이웃사름도 오락가락호고 방물장사쩍장사도 들락날락호터

인뒤 그씨는 평양성즁에사 든사름들이 이번불소리에 다々라느고잇는것은

일본군소쑨아라 그군소들이싸마귀쩨다니듯호며 이집저집함부루드러군다

본릭 (戰時國際公法) 전시국제공법에 전장에셔 피란가고사름업는집은 집

도졈녕호고 물건도졈녕호는법이라 그런고로 군소들이 빈집을보면 일삼

아드러군다

김씨집에 드러와서보는군소들은 마루쑷히 부인이누엇는것을보고 도로나

갈쑨이라 아마도부인을 구호여줄사름은업셧더라 만일업동셜한에 호루동

안을마루에누엇스면 어러죽엇슬터이느 다힝이일과가 더운쌔라 종일졍신

업시 마루에누엇스느 관계치아니호얏더라

밤이되믹 비로소졍신이 느기시작호는뒤 쑴씨고잠씨아듯 별안군에졍신이

눈거시아니라모란봉에 안기것듯 ᄎᄉ정신이난다

처음에 눈을떠셔보니 ᄒ날에 눈빌이 ᄎᄉᄒ고

다시 눈을둘너보니 우중충훈집에 나혼ᄌ누엇스니

이곳은어디며 이집은뉘집인지 나ᄂ엇지ᄒ야 여긔와셔누엇넌지 곡절을모

른다

차ᄉ본즉 내집이오 차ᄉ싱각ᄒ즉 여긔와셔걸타안젓든 싱각도나고어제밤

에 일본헌병부로가든 싱ᄀ도나고 총소리에 사름모혀드던 싱각도ᄂ고 도

젹놈의게 욕을볼번ᄒ던싱ᄀ이ᄂ면셔 셔로히 소름이ᄭ쳔다

정신이번젹ᄂ고

업든긔운이 번젹ᄂ셔

벌쩍이러안젓스니 셔로남편싱ᄀ과 옥년이싱ᄀ만ᄂ다

은방에ᄂ 옥년이가자ᄂ듯ᄒ고 사랑방에ᄂ 남편이잇난듯ᄒ다 옥년이를부

르면 ᄂ올듯ᄒ고 남편을부르면 디답을할것갓다 어졔ᄂ지닌일은 정녕꿈

이라 내가 악몽을ᄭ엇지

지금은셰엿스니 옥년이를불너보리라ᄒ고 은방으러고긔를두르고 옥년아

옥년아 옥년아 부르다가 소름이쥭々씨치고 소리가졈々움추러진다

이러셔々 안쌩문압흐로가니 다리가덜々떨리고 가슴이두군두군흔다

방문을왈칵잡아다리니 방속에셔벼락치는소리가ㄴ며 부인은외마듸소리를

질으고 쥬져안졋더라

어졔아침에 이방에셔피란갈썩에는 방가운듸 아무것도 느러노흔것업셧더

니 오늘아침에 감관일이가 외국에가려고결심하고 ㄴ갈쌔에무어슬찻너라

고다락속벽장속에잇는 셔군을낫々치늬여놋코 괴문도여러놋코 농문도여

러놋코 괴짝우에농짝 도놋코 농짝우에 괴짝도언젓는듸 단졍히노힌것도잇

지마는 곳내려질듯흔것도잇셧더라 방문은무슨졍신에닷고 갓던지방안에

벽장문다락문은 열인치로두엇더라

궁아지만흔큰쥐가 다락에셔ㄴ와셔 방안에셔 졔셰상갓치잇다가 방문여는

쇼리를듯고 괴우에셔 방바닥으로 ㄴ려쮜는듸 그괴가안동흐야 떠러지니

그괴는 옥년의괴라 조긔겁질도들고 셔양쳘죠각도들고 방울도 들고유리병

도들엇스니 고괴가쩌러질썩ㄴ 소리가조용치는 못흥갯스ㄴ 부인이겁결에

드른즉 벽락치는쇼리갓치들녓더라

十七

부인이 졍신을차려셔 당셕양을차지려고 방안으로드러가니 벽에걸리고몸에

부뒤치는것이 무엇인지무셔운마음에 도로나와셔 마루쯧헤안젓더라

이밤이 초져녁인지 밤중인지 샐력인지모르고 날씨기문기드리는되부인의

마음에는 이밤이샐씩가되얏거니하고 동편하늘문쳐어다보고잇더라

두날기탁々치며 씩씩요우는소리는 첫닭이분명혼듸 이밤시우기는참어렵

도다

그럿케젹젹혼집에 그부인이혼자잇셔々 하루잇틀열흘보름을 지닐소록 졍

황업고 쳐량혼마음이조곰도 굼흥지아니혼다

굼흥자아니흘쑨아니라 날이갈수록 심노혼마음이 깁허가더라

그러면무슨싸닥으로 셰상에사라잇는고 혼가지일을기다리고 죽기를참고

잇셧더라

피란갓던잇든날방안에 셰군이느러노힌것을보고 남편이왓든자최를알고부

인의마음에는 남편이옥년이와 날을차져든니다가 찻지못흥고집에 도라와

셔보고 또차지러군줄로알고 그놈편이방향업시느셔々 오작고생을할가시

푼마암에 가이업스면셔 위로눈되더니 그날히가지고 져무나놈편이도라올

싸기다리는마암에 띠문을닷지아니ᄒ고 안저밤을식엿더라 그잇흔날ᄯᅩ담

날을 날마다밤마다 ᄯᅢ마다기다리는디 스름의쇼리가들리면 ᄲᅱ여ᄂᆞ가보고

기가지ᄭ면 ᄯᅩ 초가셔본다

고틔ᄒ던마암은 진ᄒ고

단망ᄒᄂᆞ마암이 생긴다

어ᄂ곳에셔 스름이만히 쥭엇다ᄒᄂᆞ 소문이잇스면 남편이거긔셔 쥭은듯

ᄒ고

어ᄂ곳에ᄂᆞ 어린아희쥭엇다ᄂᆞ 말이들리면 ᄂᆡᆯ옥년이가 거긔셔쥭은듯ᄒᆞ

다

남편이사라오거니ᄒ고 고틔할ᄯᅢ는마암을 붓칠곳이잇셔ᄉᆞ 사라잇셧거니

와 쥭어셔못오거니ᄒ고 단망ᄒᄂᆞ 잠시도이셰상에잇기가실타

부인이쥭기로 결심ᄒ고 틔동궁물에ᄲᅡ저쥭을초로 밤되기를기다려 ᄀᆞ가ᄋᆞ

로향ᄒ야가나 그ᄯᅢ눈구월보름이라 하날은ᄲᅵ슨듯하고 달은초롱갓다 ᄋᆞᆫᄯᅥ

루를ᄲᅮ린듯ᄒ 빅사장에 인젹은섇어지고 빅구는잠드럿다 부인이탄식하야

굽오디

달아무러보즈 너는널니보리로다 낭군이 소식업고 옥년은간곳업다

이셰상에잇스면 집차저왓스련만

일거무소식하니 북망긱됨이로다

이몸이혼즈살면 일평싱근심이오

이몸이쥭엇스면 이근심모르리라

십오년부ㅅ정과 일곱히모녀정이

어느찌잇섯던지 지금늘숨갓도다

꿈갓튼이늬평싱 오날늘쑨이로다

푸르고깁푼물은 갈길이저긔로다

이러혼탄식을맛치미 치마를거더잡고 이를악물고 두눈을쑥감으면셔 물에

뛰여느리니 그물은듸 동둥이오 그사람은 김관일의부인이라

물아린빗는들이에 혼거루빅가 비겻는듸 그빅속에셔 사공ㅎ느와 평양셩

늬에사는 고장팔이라ㅎ는사름과 둔둘이달밤에 밤웃을노는듸 그사공과고

가는 그어미 즈식이느 성정은엇지그리쑥갓던지 사공아고 가를달맛는지

고가ㅅ사공을달맛넌지 버러먹는길만 다르느 일만업스면 두놈아 혼쎄

붓더지닌다

무엇을흥느라고 갓치부터 지닌는고 둘중에흥느만 돈이잇스면 셔로싹어쥬
며 투젼을흥고 둘이 다돈이업스면 담빅닉 기밤윳아라도 아니놀고눈못견
딘다 흥로밥은굴머라흥면 어렵게녀기지아니흥느 흥로 노름을흥지말라흥
면 병이눌듯흔놈들이라 그밤에도 고가々그사공을츠져가셔 둔둘이밤윳을
노다가 물우에셔 이상흔소리가들느나 윳에밋쳐셔졍신을모르다가 물우에
셔 왼사람이써나려 오다가 빅에걸려셔 허덕거리눈것을보고 급하뚜여느려
서건진즉 흔부인이라 본릮부인이 눕흔언덕에셔뚜여느려써면 물이깁고얏
고군에살기가 어려윗슬터이나 모릮톱에셔물로뛰여 드러가니 그물이흔두
자깁피가되락말락흔 물이라 물이나져 쥭지아니흥엿스나 부인은쥭을마음
으로싼진고로 얏흔물이라도 쥭을작졍만흥고 드러누흐니 얼는쥭지눈아니
흥고 물에떠셔느려가다가 빅에잇던사람의게 구원흔거시되얏더라
화약연긔눈 구름에비뭇어둔이드시 평양의 총소리가 의주로올머가더니 빅
마산에눈 철환비가오고 압록강에눈송장으로 다리를놋눈다
평양은 란리평졍이되고 의주눈서로 란리를만낫스니 가령화지만눈집에셔

안쌍에는 불을잡앗스나 건넌방에는불이붓는겨이라 안쌍이는 건넌방이느

집은훈집이언문은 안쌍식구는제방에만 불써지면 다힝으로안다 의주셔는

피비오는딕 평양성중에는 초々우숨소리가는다

피란가셔어는구셕에 숨어잇던사람들이 초々모여들어셔 성중에는 엣모양

이도라온다

집々에 거러듯첫던딕문도열리고 골목골목에사름의 자최가업던곳도 사름

이 오락가락하고 개짓고연긔느는모양이 셰상은평화된듯ㅎ느 북문안에김

관일의집에는 딕문닷친딕 로잇고그집문군에 사름이와셔찻는자 도업섯더라

하로는 엇더훈노인이 부담말타고오다가 김씨집압헤셔 말쎠느리더니 김

씨집딕문을 흔드러본즉 문이걸나지아니하얏거늘 안으로드러가더니 다시

느와셔 이웃집에말을뭇는다

(노인)여보말좀무러봅시다 저집이 김관일김초시집이오

(이웃소름)네 그집이오 그러느 그집에아무도업나보오

(노인)나는 김관일의장인되는 사름인딕 뉘소외는만나보앗스느 뉘쌀과

외손녀는 피란갓다가 집차저왓는지 아니왓는지몰나셔 내가여긔사지온

길일러니 지금그 집에 드러가셔본즉 아모도업기로 궁금ㅎ여뭇난말이오

(이웃ㅅ롬)우리도 피란갓다가 도로온지가 몃칠되지아니ㅎ엿스니 이웃

집일이라도 자셰이모르깃쇼

로인이하릴업시 다시김씨집에 드러가셔 ㅈ셰이살펴보니 사름은란리를만

ㄴ도망ㅎ고 셰간은 도젹을마져셔 빈농짝만남앗눈디 벽에언문글시가잇스

니 그글시는 김관일부인에필젹인디 틴둥강물에빠져쥭으려 고ㄴ가던눌에

셰상영결하눈말이라

로인이 그필젹을보고 놀랍고슬푼마음을 진졍차못하엿더라

그로인은본리 평양셩뇌에셔 사던최쥬사라하눈사룸인디 일홈은항리라 십

년젼에부산으로 이ㅅㅎ야크게 장ㅅㅎ눈디 그ㅅ나히오십이라 쳐ㅅ은유여

하ㄴ 아들아업셔ㅅ 양ㅈㅎ엿더니 양자눈합의치못ㅎ고 쇼셩은딸하ㄴ잇스

나 그딸은 편익훌샛아니라 그딸을길을ㅅ에 최쥬사눈의쓰고 마음상하면

셔길러낸딸이오 눈쓸맛고 ㅈ라는딸인디 그딸인즉 김관일의부인이라

최씨가 그딸기를ㅅ의일을 말하자ㅎ면 소진의혀를 두셋식이여 놋코 삼ㅅ

월긴ㅅ희를 몃식포개 노흘지라도 다 말훌슈업눈일ㅅ러라 그부인의일홈은

츈의라 일곳살에 그 모쳔이 도라가고 계모의게 길엿는터그게모는 부인범

졀에는소소히 칭찬듯는사룸이는 한가지졀졀이잇스니 그험졀은 젼실소싱

츌의게 몹시구는것이라 셰군그룻눙나이라도 젼실부인쓰던것이면 무당

불러셔 불살러버리는지씨티려버리던지눙여야 속니시 원눙야지는 셩졍이

라 그러훈계모의셩졍에 사르는지도못눙고 씨터리지도못훌거은 젼실쇼싱츈

의라 최씨가 그딸을옥갓치 스랑하고 금갓치귀의하나 그후취부인보는씨

는 조곰도귀의눙눈 모양을보히면 츈의는 그계모의게 음의를바들터이라그

런고로 최쥬스가 그딸을칭찬하고시푼씨도 그게모보는디는 썩짓고미워하

눈 상을보하눈일도만타

그러면 최쥬스가 그후취부인의게 쥐여지느냐냐 훌지경이면 그럿치도아

니하다

그후취부인은 쥭어빅골된젼실의게 투긔눙는마음 한가지만아니 면아무험

졀이업스니 그러훈부인은 쇠사슬로신을삼아신 고그신이눌아나도록 조션

팔도를 다도라단니드린도 그만한안히눈 엇기가어렵다눙는 집안공론이라

최씨가 후취부인과 금실도좃코 젼취소싱츈의도 사랑눙니 츈의를위눙야

쥬려하면 후실부인의 듯을맛츄어 쥬는일이 상칙이라 츈익가어려셔 붓터 총

명하고 눈치쌔르기로눈 어린아희로볼슈가업다 계모의게싸루기를 싱모갓

치싸루면셔 혼즈 안지면 눈물을씻고 죽은어머니싱국하더라 츈익가그러한

고싱을하고 자라느셔 김관일의부인이되얏눈디 최씨눈그쌀을 츌가흔쌀로

여기지아니ᄒᆞ고 졋먹이ᄂᆞᆫ쌀과갓치안다

평양에란리소문이 다른사름듯게ᄂᆞᆫ이웃집에 초상낫다ᄂᆞᆫ 소름이 심상

이들니나 부산사ᄂᆞᆫ 최항ᄅᆡ최주ᄉᆞ의귀에ᄂᆞᆫ 소롬이셰치도록놀납고 심녀되

더니

하로ᄂᆞᆫ 그사외김관일이가 부산최씨집에와셔 란리겪군말도ᄒᆞ고 외국으로

공부하러가고즈하ᄂᆞᆫ 목젹을말ᄒᆞ니 최씨가학비를 쥬어셔외국에 ᄀᆞ게하고

최씨눈 그쌀과외손녀의싱사를 자셰히알고즈ᄒᆞ야 평양에왓더니 그쌀이딘

동강물에싸져 죽을추로 벽상에그회포를 쓴것을보니 그쌀기를씩의불상ᄒᆞ

던마음이시로히ᄂᆞ셔 일곱살에 져의어머니 죽은어미의쌈을디히

고울든모양도 눈에션ᄒᆞ고 계모의눈쑬을마져셔 죠졉이드던모양도 눈에션

하고 니가부산갈씨에 부녀가다시만나보지못하ᄂᆞᆫ듯이 낙누ᄒᆞ며 작별ᄒᆞ던

모양도 눈에 션한즁에 히는졈ㅅ지고 빈집에쓸ㅅ한긔운은 놀이저물소록형

용하기어렵더라

최씨가다리고온 하인을부로는디 근력업는목소리로

이의막동아 부담쩨셔 안마루에갓다노아라

(막동)말은 어디갓다민오릿가

(최씨)마방집에갓다민여라

(막동)소인은어딘셔 자오릿가

(최씨)마방집에가셔 밥이는사셔먹고 이집힝ㅇ방에셔즈거라

(막동)나리게셔도 무엇을좀사다가잡숩고 쥬무시면 좃케습니다

(최씨)느는 술이나먹깃다 부담에다랏던 술혼병쩨여오고 찬합만글러노아

라 혼즈이방에안저 술이느먹다가 밤시거든시벽길떠느셔 도로부산으로

가자 란리가무엇인가 ㅎ양더니당ㅎ야보니 인군에 지독한일은 란리로

구나

뇌혈육은 쌀흥느외손녀흥느뿐일러니 와셔보니이모양이로구느

무동아 너갓튼무식혼놈더 러쓸떼업는말굿지마는 이후에는 즈손보전ㅎ

고섭푼 셩국잇거던 ᄂᆞ라를위ᄒᆞ여라 우리나라가강ᄒᆞ엿더면 이란리가

아니늣슬것이다 세샹고싱다시키고 길러ᄂᆡᆫ인 ᄂᆡᄯᆞᆯ자식 ᄂᆞᆷ점고 무병ᄒᆞᆫ건

마ᄂᆞᆫ 란리에쥭엇고나 역질ᄒᆞᆫ여다시키고 잔쥬졉다ᄯᅥ러노혼 외손녀도란리

중에 쥭엇고ᄂᆞ

(무동) ᄂᆞ라ᄂᆞᆫ 양반님네가 다망ᄒᆞ야 노셧지오

샹놈들은 양반아쥭이면쥭엇고 ᄯᅵ리면마젓고

지물이잇스면 양반의게ᄲᅢ겻고 ᄀᆡ잡이어엿쑨면 양반의게ᄲᅢ겻것스니 소인

갓튼상놈들은 제지물제게집 제목숨ᄒᆞᄂᆞᆯ 위ᄒᆞᆯ슈가업시 양반의게미엿

스니 ᄂᆞ라위ᄒᆞᆯ힘이 잇슴닛가

입한번을잘못버려도 쥭일놈이니 살릴놈이나 오굼을션어라 귀양을보ᄂᆡ

라ᄒᆞᄂᆞᆫ양반님셔슬에 샹놈이무슨사름갑세 갓슴닛가 란리가ᄂᆞᆫ도 양반의

탓이올셔다 일쳥젼징도 민영쥰이란양반이 쳥인을불러왓답듸다 ᄂᆞ리게

셔 란리ᄯᆡ문에 ᄯᅡ님앗씨도라가시고 손녀아기도 쥭엇스니 그원통ᄒᆞᆫ

귀신들이 민영쥰이라난 양본을잡아갈것이올시다

ᄒᆞ면셔 말아이여ᄂᆞ오니 본릭그ᄒᆞ인은 쥬졔넘다고 최씨마음에 불합ᄒᆞ나

이번란리즁험한길에 사람이 뚝々ᄒ다고 다리고ᄂ 셧더니 이러한심난즁에

쥬제넘고 버릇업는소리를 함부루ᄒ니 참날니ᄂ셰상이라 날리즁에싹지질

슈도업고 근심즁애 무슨소리던지 듯기도실인고로 돈을늬여쥬며ᄒ눈말이

목동아 너도ᄂ가셔 슐이ᄂ 실토록먹어라 화씸에먹고보자ᄒ니 목동이ᄂ박

그로나가고 최씨ᄂ혼자 슐병을되ᄒ야

팔자훈탄ᄒ다가 슐훈잔먹고 셰상원망ᄒ다가 슐훈잔먹고 ᄯ딸싱각이ᄂ도슐

훈잔먹고 외손녀싱각이ᄂ도 슐훈잔먹고 슐이얼근ᄒ게취ᄒ더 니이싱ᄀ저

싱ᄀ업시 슐만먹다가 갓쓴쳐로목침베고 드러누엇더니 잠이들면셔 ᄉ딸을

ᄶ더라 모란봉아릭셔 ᄯ딸과외손녀를다리고 피란을가다가 노략질군도젹을

만ᄂ셔곤론을 무슈히겨다가 ᄯ딸이도젹을피ᄒ여 가ᄂ라고놉푼언덕에셔 ᄯ떠

러져쥬ᄂ것을보고 최씨가도젹놈을 원망ᄒ야 도젹놈을ᄶ려쥭이려고 집핑

이을들고 도젹을ᄶ리니 도젹놈이달려드러 최씨를마쥬ᄶ리거늘 최씨가너

머저셔 이러ᄂ려고 익를쓰ᄂ듸 도젹놈이 최씨를 ᄹ쌀고안저셔 멱살을쥐고

칼을ᄲ히니 최씨가슘을실슈가업셔 이러ᄂ려고익를쓰니 최씨가분명 가위

를눌인거시라

겻히셔 사름이 최씨를흔들며 아버지여긔를엇지오셧소 아버지흐는

소라에 깜짝놀나매치니 남가일몽이라 눈을떠셔자셰이본즉 되동강물에싸

저쥭으려고 벽상에회포를써셔 붓쳣던딸이 사라온지라 깃분마암에졍신이

번젹느셔 싱극흔즉 이것도쑴이아닌가 의심는다

(최씨)이익 네가쥭으려고 벽상에유언을써셔 노흔것이잇더니 엇지사라

왓는냐

앗가쑴을쑤니 네가언덕에셔 써러저쥭엇더니 저금너를보니 이것이쑴이

냐 그것시쑴이냐 이것이쑴이여던 아쑴은이뒤로새지말고 십년이십년이

라도 이뒤로지닛스면 그아니죠케느냐

흐는말이 최씨싱극에는 그딸만나보는것이 졍녕쑴갓고 그딸이참사라온사

긔는자셰이 모른다

원래최씨부임이 물에싸저떠늬려갈씩에 빅사공과 고장팔의게 구흔바이되

얏는듸 장팔의모외 장팔의쳐가 그부인을교군에틱여셔 져의집으로뫼시고

가셔수일을 극진히구원하얏다가 그부인이초수완인이되미 그날밤들기를

기다려셔 부인이장팔의 모를다리고 집에도라온길이라 장팔의모는 길셰에

서 무엇을사 가지고 드러온다ᄒᆞ고 뒤떠려젓는ᄃᆡ 그부인은발ᄊᆞ익은ᄂᆡ집이

라 압셔ᄉᆞ드러온죡 안마루에 부담상자 도잇고 안방에는불이켜셔 발근지

라아젼마음갓흐면 부인이그방문을감히 열지못ᄒᆞ엿슬터이ᄂᆞ 별풍상다지

닉고 지금은겁ᄂᆞ는것도업고 무셔운것도업는지라 닉집닉방에 누가와셔드

러안젓는가 싱국ᄒᆞ면셔 셔슴지아니ᄒᆞ고 방문을 여러보니 왼사룸이자다

가 가위를눌녀셔 의를쓰는모양인ᄃᆡ 자셰이본죡 자긔의부친이라 부인이

그ᄯᅵ에 그부친을만ᄂᆞ니 반가온마음에 아무말도아ᄂᆞ고 ᄂᆞ오ᄂᆞ니 우름

뿐이라

뒤떠러젓든 고장팔의모가 드러다라오면셔 덩다라운다

에구 ᄂᆞ리마님이 이란리즁여긔오셧네

알슈업는것은 셰상닐이올시다 ᄂᆞ리게셔부손으로 이스가실ᄯᅵ에 힐미ᄂᆞ

늘근것이라 스라셔다시ᄂᆞ리졔 뵙지못ᄒᆞ겟다하얏더니 늘근것은ᄉᆞ랏다

가 ᄯᅩ뵈옵는ᄃᆡ 어린옥년의기와 졀무신셔방님은 어듸가셔 도라가셧는지

ᄂᆞ리오신것을 못만ᄂᆞ뵈네

하ᄂᆞᆫ말은 속에셔 쇼소ᄂᆞ 오ᄂᆞᆫ인졍이라 그 노파가 그인졍이일슬만도 ᄒᆞᆫ소룸

이라

고 장팔의 모가 본리최써집죵인되 삼십젼부터 드난은아니흐는 최써의 덕으

로 소다가 최써가이소갈떠에 장팔의 모는 상젼을짜라가고자하는 장팔이

가 노름군으로최써의 눈박게는놈이라 최써를짜라가지못하고 싣떠러진뒤

웅박갓치평양에잇셧더니 이번에논노 름덕으로되동강빗속에서 밤잠아니자

고잇다가 최써부인을 구하야살럿스니 장팔이지금은 노름하는충찬도드를

만하게되얏더라

최써부인이 그부쳔의게 남편김써가외국으로 류학하러갓다는말을듯고 만

리의이별은섭셧흐나 란리즁에목슘을 보젼훈것만 텬힝으로여기셔 부쳔의

말흥는입을쳐다보면셔 눈에논눈물이가득흐느 얼골에논긧분빗을씌여더라

(최쥬스)이의 김첩아 네집은외무쥬장하니 여기셔고단흐야 살수업슬것

이니 날을짜라부산으로 느려가셔늬집의 갓치잇스면 죳치안이흥깃는야

(딸)늬가 물에쌔져 쥭으려흥기는 가장이쥭은줄로 싱각흥고 느혼자셰

상에사라잇기가실혼고로 되동강에쌔젓더니 사름의게건진바이되야 사

라잇다가 가장이사라셔 외국에류학하러갓다는 소식을드럿스니 느는

이 집을직히고 잇다가 멧히후가되던지 이집에셔다시 가장의얼골을 만

늘보깃스니 아버지게셔는 쓸쓸국마르시고 쓸듸신사위의공부눈 잘ᄒᆞᆼ도

록학비눈잘듸여즉쳐를 바람늬이다 ᄂᆞᆫ이집에셔 장팔의어미를다리

고 박도마직이에셔 도지셤밧눈것가지고 먹고잇깃소

그러눈 옥년이 ᄂᆞᆫ잇셧더면 위로가되얏슬걸 허구한셰월을엇지기다리눈

하눈소리에

최쥬사가 흥겨이묵ᄒᆞ나 다사한사름이 오릭잇슬수업눈고로 수일후에부산

으로눌려가고 최씨부인은 장팔의어미를 다리고잇스니 힝낭에눈늘근과부

오 안방에눈 절문셩과부가잇셔々 김씨를오기만기다리고 셰월가기만기다

린다 밤에는밤이길고 낫에눈낫이긴듸 그밤과그낫을 모와달되고힌되니쳔

ᄒᆞᆼ에어려운것은 사름기다리는것이라 부인의셩구의눈 인군의고싱이 ᄂᆞᆼ

ᄂᆞᆫ뿐인쥴로알고 잇것마눈 그보다더고싱ᄒᆞ는사름이 또잇스니그것은 부인

의ᄯᅡᆯ 옥년이라

당초에옥년이가 피란갈쎅에 모란봉아릭셔 부모의군곳모르고 어머니를부

르면셔 불을동々구르다가 난듸업눈철환혼긔가 너머오더니 옥년의왼편다

리에빅혀너머저셔 그날밤을그손에셔 목숨이붓터잇셔떠니그잇든눌일본격

십자군호슈가보고 야전병원으로 시러보느니 군의가본즉 중승은아나라철

환이 다리를쓸코 느갓는듸 군의말이만일 쳥인의철환을마졋스면 철환에독

흔약이셕긴지라 마진후에하로밤을지닛스면 독긔가몸에만히퍼졋슬터이느

옥년이마진철환은 일인의철환이라 치료하기듸든히 쉽다하더니과연삼쥬

알이못되야셔 완연히평일과갓든지라 그러느옥연이는 갈곳이업는아희라

병원에셔 옥년의집을물은즉 평양복문안이라하니 병원에셔옥년이가 느히

어리고 쏘흔졍경을불상케녀겨셔 동소를안동하야 옥년의집에가셔보라흔

즉 그씨는 옥년의모쳔이듸동강물에 싸저죽으려고 벽상에그스졍써셔붓처

고간후이라 동변이그글을보고 옥년을불상이여겨셔 도로다리고 야전병원

으로가니 군의졍승소좌가 옥년의졍경을불상히여기고 옥년의자품을긔이

흥게여셔 통병을셰우고 옥년의뜻을문는다

(군의) 이익 너의아바지와 어머니가어듸로군지 모르는냐

(옥) 。。。。。。。。。。。。。。。。。。。。。。。。。。。。。。。。。。。。

(군의) 그러면 네가늬집에 가셔잇스면 늬가너를학교에보늬여공부흥도록

ᄒᆞ여줄것이니 네가공부를잘ᄒᆞ고잇스면 늬가아모조록 너의나라에람지

하야녀의부모가 살아거든 너의집으로곳보늬쥬마

(옥)우리아버지 어머니가 살아잇ᄂᆞᆫ줄을알고 날을도로우리집에 보내줄

것ᄀᆞᆺᄒᆞ면 아무데라도가고 아무것을시기더릭도 하깃소

(의)그러면 오날이라도 인쳔으로보늬셔 어용션을타고 일본으로가게ᄒᆞᆯ

것이니 내집은 일본ᄯᆡ판이라 내집에가면 우리마누라가잇ᄂᆞᆫᄯᆡ 아들도

업고 ᄯᅡᆯ도업스니 너를보면ᄯᆡ단히 귀의ᄒᆞᆯ것이니 너의어머니로알고 가

셔잇거라

ᄒᆞ면셔귀국ᄒᆞᄂᆞᆫ(病傷兵)병상병의게부탁ᄒᆞ야 일본ᄯᆡ판으로보늬니 옥년이

가 ᄑᆡ군밧당을타고 인쳔셔자가셔 인쳔셔류션을타니 등뒤에ᄂᆞᆫ 부모소식

이묘연ᄒᆞ고눈압헤ᄂᆞᆫ 타국손쳔이 성소ᄒᆞ다

만일용렬한아히가 알곱살에란리피란을 가다가부모를일어스면어미아비만

싱간ᄒᆞ고 낫선사람이무스말을무르면눈물이비쥭〈ᄒᆞ고쥬졉이뎍겨〈

ᄒᆞ고 문ᄂᆞᆫ말을 ᄃᆡ답도시완이못ᄒᆞᆯ터이ᄂᆞᆫ 옥년이ᄂᆞᆫ어ᄯᆡ 그러ᄒᆞᆫ영니ᄒᆞ고슉

성한아히가 잇섯던지 혼ᄌᆞ잇실ᄯᆡᄂᆞᆫ 부모를보고시푼마음에 쥭을듯ᄒᆞᄂᆞ

사람을듸흠씨는 웃지그리쳔연흥던지 부모싱국하는괴색이 조곰도업더라

옥년의 얼골은옥을싹 가셔 연지분으로둔장훈것갓다

옥년의부모가 옥년일홈지흘씨에 옥년의모양과갓치 아름다온일흠을 짓고

자흥야 늬외공논이무슈흥얏더라

옥갓치히히다흥야 옥이라고부르는사람은 옥년의모친이오

연쫏갓치번화흥다흥야 년화라고부르는사름은 옥년의부친이라

그아히 알흠지던날은 의논이부순흥다가 구화담판되듯 옥즈년즈를합흥야

옥년이라고 지흔일흠이라 부모된사람이 제즈식귀의흥는마음에 혹식검은

괴셕갓든것도 옥갓치보눈일도잇고 누렁둥이가 호박쏫굿치성간것도 연쫏

갓치 보이눈일도잇기는 잇지마눈 옥년이갓든아히는 옥년의부모의눈에만

그럿케아름다 운것이아너라 엇더훈사람이던지 층찬아니흥는사롬이업고

쏘즈식업눈샤람이보면 씩셔갈것갓치 탐을닉셔흥눈말에 옥년이를잡어가

셔 내쏠이될것갓트면 볼셔집어 갓깃다흥눈사름이 무슈하엿더라

그러허던옥년이가 부모를일코 만리타국으로혼즈가니 비안에드러잇눈 사

람들은 소일쏘로 옥년의겻히모여들어셔 말문눈사람도잇고 조션말을흥지

못홍는사람들은 힝즁에셔파ㅈ를닉여쥬니 아어린히가 너무괴롭고 셩이가

실만홍런만은 옥년이는쳔연홀쑨이라

만리창히에 살갓치쌰른비가인쳔셔쩌는지는홀반에되판에 다다르니되판

에셔 늬릴션긱들은 극히쪄힝장을수습하야 삼판에늬려가느라고 분요홍

옥년이는 힝장도업고 몸흥느쑨이라 혼ㅈ감아니안젓스니 어린소견에도别

셩국이다ㅣ는다

남은 졔집차져가건마는 느는 뉘집으로가는길인고 남들은 일이잇셔셔

되판에오는길이어니와 느혼ㅈ일업시타국에 가는사람이라

이편지볼사람은 엇더혼쓰럼이며

이늬몸 워흥여쥴사람은 엇더혼사람인가

편지흔장을 품에씨고 가는집이뉘집인고

쌀을삼거든 쌀노릇흥고 죵을숨거든 죵노릇흥고 쏫셩을시케거든고셩도

참을것이오

공부를시키거든 일시라도놀지안코 공부만흥여볼가

이런셩국 져런셩국쏫만흥느라고 시름업시안젓더니 평양셔브터동힝흥

던병뎡이 옥년이를부르는듸 말을셔로 아라듯지못ᄒᆞᆫ고로 눈치로알아듯

고싸라ᄂᆞ려가니 그병뎡는 평양싸홈에 오른편다리에 총을맛고 옥년이와갓

치 (野戰病院) 야젼병원에셔 치료ᄒᆞ던 사ᄅᆞᆷ인듸 철환이신경막을 샹ᄒᆞ고

로 치료훈후에 그다리가불인ᄒᆞ야 몽둥이에의지ᄒᆞ야 겨우거러ᄃᆞ닌이는지

라 그병뎡는 압헤셔셔ᄂᆞ려가는듸 옥년이가뒤에셔셔보다가 ᄒᆞ는말이ᄂᆞ도

다리에총마젓든 사ᄅᆞᆷ이라 내가만일져 모양이되얏더면 조결ᄒᆞ야죽는거시

편ᄒᆞᆼ지샤라셔쓸듸잇느ᄂ ᄒᆞᆫ는소리를 옥년의말알아듯는 사ᄅᆞᆷ이업스니 그런

말은못듯는것이 죳컨마ᄂᆞᆫ 조흔마듸ᄂᆞᆫ그것뿐이라 옥년이가 제일둡ᄉ훈졋

은 셔로말모르는것이라 벙어리심부름ᄒᆞᆼ듯 옥년이가 병뎡손짓ᄒᆞ는듸로만

싸라군다

옥년의눈에는 모다쳐음보는것이라 ᄒᆞᆼ구에는 빅돗디가 삼쩍 드러셔ᄃᆞᆺᄒᆞᆼ고

져자거리에는 이쳥삼쳥집이 구름속에드러군듯ᄒᆞᆼ고 진예갓차ᄅᆞ여가는 긔

초는 입으로연긔를 확々쑴으면셔 빅에ᄂᆞᆫ쳔동지동하듯구르며 풍우갓치다

라눈다 널쎠고든길에 갓다왓다ᄒᆞᆫ는 인력거박쾌소리에 졍신이업눈듸병뎡

이인력거둘을불너셔 져도듯고 옥년이도틔우니 그인력거들이 살갓치가ᄂᆞᆫ

三十七

지라 옥년이가길에셔 아장々々 거를써에는 인히성중에너머질가 조심되야

아무성국이업더니 인력거우에 올는안지미 서로히성국만는다

인력거야 쳔々이가고지고 이길문다가면 남의집에드러가셔 밥도어더먹

고 옷도어더입고 마음도불안호고 몸도불편할터이로구나

인력거야 어셔밧비가고지고 굼々호고 알고자호는일은 어셔밧비눈으로

보아야시연호다 가품솟코인졍잇는 사룸인지 집안에셔찬기운나고 사룸

의게셔 독긔가뜩쎠러지는 집이 노아닌지 뇌운슈가조흐려면 그집인심

이조흐련마는 조실부모호고 만리두국에 류리하는 뇌운수에 ○○○○○○

그러흔성국에 눈물이비오듯하며 흑々늣기며우는되 인력거눈불셔 졍상군

의집압헤와셔 느려놋는되

옥년이가 인력거굿치는것을보고 이것이졍상군의집인가 짐작호고 조심되

눈마음에 자근몸이더욱작아진듯호다

슬푼성국도 흔가흔때를타셔 나눈것이라 눈물아쏙그치고아니느온다

옥년이가 눈을이리씻고 져리씻고 부산이씻눈즁에 압헤셧든인력거군이무

슨소리를지르미 계집즁이느와셔 문군방에쑤러안져셔 공손이말을무르니

병졍이두어말ᄒᆞᆷᄆᆡ 즁이안으로 드러가더니 다시ᄂᆞ와셔 병졍더러 드러오라

ᄒᆞ니 병졍이 옥년이를다리고 졍상군의집안으로드러갓다

병졍은 졍상부인을ᄃᆡᄒᆞ야 군의소식을젼ᄒᆞ고 옥년의ᄉᆞ긔를말ᄒᆞ고(戰地)젼

디의소경녁을 아아기ᄒᆞᄂᆞᆫᄃᆡ 옥년아ᄂᆞᆫ 졍상부인의 눈치믄본다

부인의ᄂᆞ흔 삼십이되록말록ᄒᆞ니 옥년의모친과 졍동갑아ᄂᆞ아닌지 년긔ᄂᆞᆫ

옥년의모친과 그럿케갓트ᄂᆞ 싱긴모냥은 옥년의모찬과반듸만되얏다

옥년의모친은 눈에ᅵ교가잇더라

졍상부인은 눈에살긔만드럿더라

옥년의모친은 얼골이희고 도화식을씌엿더니

졍상부인의 얼골이희기ᄂᆞᆫ 쳥긔가돈다

얌젼도ᄒᆞ고 쓸ᄯᅩ훈듸 군의ᄉᆞ편지를밧아보면셔 옥년이를 흘금ᄉᆞᄉᆞ보다

가 병졍더러무슨말도 ᄒᆞᄂᆞᆫ것은 옥년의마음에ᄂᆞ 모다내말ᄒᆞ거니ᄒᆞ고 단

졍히안젓는듸 병졍은할말 다하얏는지 작별하고 ᄂᆞ가고 옥년이믄 졍상군

의에집에 혼자ᄯᅥ러져잇스니 옥년이가 서로히싱소하고 비편훈마음쑨이라

(졍상부인)이의셜자야 ᄂᆞᆫᄂᆞᆫᄯᅡᆯ하ᄂᆞᆫ냣다

（셜자）앗써께셔 자녀군에업시 고겨하게지닛시더니 싸님이싱겻스니 얼마는죠흐시닛가 그러는오늘 나흐신아기가 되단이슉셩하오이다

（졍）셜자야 네가옥년이를 말도ᄀ르치고 （假名） 언문도잘가라쳐어라 말을아라듯거든 하로밧비 학교에보닛깃다

（셜자）뇌가 자근앗써를 가르칠자격이되면 이뒥에와셔 좀노릇하고 잇기습닛가

（졍）너더러 어려운겟슬 가르쳐쥬라 ᄒ는겟이아니다 심상소학 교일련급 독분이는 가르쳐쥬라 는말이다 네동싱갓치알고 잘가르쳐다고 말의능통 이알기젼에는 집에셔네가 교ᄉ노릇하여라 션싱겸즁겹어렵깃다 월급이 는만이바드려무는

（셜자）월급은 더바라지아니하거니와 （演戲塲） 연희장구경이는 자쥬시 겨쥬시면 좃케슴니다

（졍）셜자야 우리옥년이다리고 잡졈에가셔 옥년의게맛는 부인양복이나 사셔가지고 목욕집에가셔 목욕이는시키고 죠션복식을빽기고 양복이는 입펴보자

정상부인은 옥년이를 그럿케귀익하나 말못아라듯눈옥년이는 정상부인의

쓸々혼모양에 죽긔가도야 고역치르듯 싸라든인다

말못하눈기도 스름이귀익하눈것을알거든 허물며사름이야 아무리어린아

히기로 저를사랑하눈눈치를 모를리가업눈고로 슈일이못되야 옥년이가옴

구리고쟈든잠이 다리를쑥썻고잔다

정상부인이 눌이갈슈록 옥년이를귀익하고 옥년이는 눌이갈슈록 정상부

인의게싸른다

옥년의총명지질은 죠션역亽에는 그러혼녀자가잇다고 전혼일은업스니 죠

션녀편네는 안방구셕에가두고 아무것도 가라치지아니하얏슨즉 옥년이갓

튼 총명이잇드리도 세상에셔몰랏던지 이럿튼지저럿튼지 옥년이눈죠션녀

편네에눈 비호곳업더라

옥년의지질은 누가듯든지 거짓말이라하고 참롬로눈듯지아니혼다

일본군지반년이못되야 일본몰을엇지그럿케 졸하든지정상군의 집에와

셔보눈사룸들이 옥년이를일본아히로보고 죠션아히로눈 보지지아니혼다

정상부인이 옥년이를 가르치며 저아히가 죠션아히인듸 죠션셔온지가 변

년박긔 아니 된다 하눈물은 옥년이를자랑코자하야 하눈물이ᄂ 듯눈사룸은

졍상부인의 룡담으로듯다가 셜자의게 자세흔담을둘듯고 혀를회ᄊ내두루면

셔 층찬하눈소리에 옥년이도 흥이날만하겟더라

（號外） 호외 ᄊᄊ 호외 호외라고 소리를지르며 뒤판저즈큰길로 다름박

질흥아도라둔이눈사람들이 둘식셋식지ᄂ가니 옥년이가 학교에갓다오ᄂ

길에 문을열고드러오면셔

여보어머니 저것이 무슨소리오

（부인）네가 온갓것을다아라듯더니 호외는모르는고ᄂ 그러ᄂ 무슨큰일

이엇눈지 훈장사보자

이익셜즈야 호외훈장사오너라

（셜즈）네 지금가셔 사오기슴니다

흥면셔 급피ᄂ가니 옥년이가 다름박질하야 ᄯ라ᄂ가면셔 이익셜즈야 그

호외를 늬가사오깃스니 돈을이리달라흥니 셜즈가우스면셔 흥눈물이누구

던지 먼처가눈사룸이 호외를산다흥고 다라ᄂᄂ니셜자눈다리가길고 옥년이

눈다리가짜른지라 셜자가먼저가셔 호외훈장을사가지고 오눈것을 옥년이

가붓들고 호외를달라흐야 그헷코쎄셔가지고와셔 흐는말이 어머니이호외

를보고 나좀가르쳐쥬오

졍상부인아 우스며바다보니 티판미일신문호외라 흔줄씸보고 씸작놀느더

니 셔너쥴씸보고 에구소리를흥면셔 호외를더지고 아무소리업시 눈물이

비오듯흔다

(옥년)어머니 엇지하야호외를보고 우르시오 어머니머어니。。。。。。。。。。

(부인)은뒤답업시 눈물만흘리니 옥년이가셜자를부르면셔 눈에눈물이 가

랑가랑흐니 셜자는 방문박게안젓다가 부인의낙누흥는것은못보고 옥년의

눈만보고 흥눈말이 자근앗씨가울기는 우익울어 갓흔어린아희와갓지。

(옥)셜즈야 사름조롱말고 드러와셔호외좀보고 가릇쳐다고 어머니게셔

호외를보고우르시나 호외에무슨말이잇는지 우익우루시눈지 자셰이보

아라 어셔어셔

(셜)앗씨 호외에무슨일이잇슴닛가

앗씨게셔 만보셧스면 좀보깃슴니다

셜자가 호외를들고보다가 쌍긋웃더니 그아릭는자셰이 보지아니흐고 흥

四十三

앗씨이것좀보십시오 료동반도가흥락이되엿습니다

앗씨 우리일본은 싸흠흘졀마다 이기니 조치아니흐운니가

에구 우리ᄂ라군소가 이럿케만아쥬엇ᄂ

앗씨 이를엇지하ᄂ 우리뒤령굼게서 도라가셧네 (萬國公法) 만국공법

에 젼시에셔 (赤十字旗) 젹십즈긔졔운데ᄂ 위틱치아니하다더니 령감게

셔ᄂ 군의시연마ᄂ 도라가셧스나 왼일이오닛가

(옥)무엇 아비지구 도라가셧시 ○○○○○○○○○○○○○○○○○○○○○○○○○○○○○

옥년이ᄂ 소리쳐울고

부인은 소리업시 눈물만 써러지고 셜자ᄂ 부인을쳐다보며 비죽〜웅ᄂ

윈 집안이우름빗이라

호외혼쟝이 윈집안의화긔를싣어 버렷더라

졍상군의ᄂ 인군에다시오지못ᄒᄂ 길을가고

졍상부인은 찬베긔빈방에셔 젹々히세월을보ᄂ더라

조션풍속갓흐면 쳥상파부가 시집가지아니하ᄂ것을 가장잘ᄂ일알로알고

일평싱을 근심중으로지나는 그러흔도덕상에 죄가되는악흔풍속은 문명흔

나라에눈업는고로 절머셔과부가되면 시집가는것은 쳔호만국에 붓그러운

일이아 니라 졍상부인이어 진남편을 어더시집을군다

(부인)이이 옥년아 늬가졀문터에 평싱을혼즈 살수업고 시집을가려흐는

티너를 거두어줄사룸이업스니 그것이불상흔일이로구느○○○○○○○○○

옥년의마음에는 졍상부인이 시집가는곳에 부인을싸라가고시프느 부인이

다리고가지아니홀말을흐니 옥년이는 셔로히평양셩밧 모란봉아릭서 부모

을일코 불을구루며마 우던씩마음이별안군에다시는다

옥년이가 부인의무릅우에 폭업듸며 목이머여흐는말이

어머니 ㅆㅆ가ㅅ시면 느는누구를밋고사느

(부인)오냐 느는쥭은셈만쳐려무느

(옥년)어머니 쥭으면 느도갓치죽지

그소리흔마티에 부인가슴이답ㅅ하여 무슨싱각을흐고잇더라

그씩부인이 즁믜더러말흐기를 늬흔몸뿐이라흐얏는티 남편될사룸도 그리

알고잇스니 이제새로히 쌀흐느잇다흐기도어렵고 은년이가쌋로는 모양을

四十五

보니 참아뎃치기도 어려운마음이싱긴다

(부인)이애 옥년아 우지마러라 늬가시집가지아니ᄒᆞ면 그만이로구나늬

가이집에셔 네공부나시기고잇다가 심년후에는 늬가네게의지ᄒᆞ깃스니

공부나줄ᄒᆞ여라

(옥)어머니가 참 시집아니가고 집에잇셔ᄉ 날공부시겨쥬시깃소

(부인)오냐 넘녀마러라 어린아희더러 거진말ᄒᆞ깃ᄂᆞ냐

옥년이가 그말를듯고 깃분마음을이기지못ᄒᆞ야 부인의무릅우에 안저셔쌤

을듸이고 어리광을ᄒᆞ더라

그후로부터 옥년이ᄀ 부인의게ᄯᅳ루는 마음이더옥군졀ᄒᆞ야 학교에가면집

에도라오고시푼마음만잇다가 ᄒᆞ학시군이되면 다름박질ᄒᆞ야 집에와셔 부

인의게 안겨셔어리광만흔다 그어리광이몃쳘못되야 눈치구러기가된다

부인이쳐음에는 옥년의어리광을 잘밧더니 무슨사싹인지 옥년이ᄀ어리광

을피면 핀쥰만쥬고 찬긔운이돈다

놀이갈수록 옥년이가고싱결로들고 근심중으로지닌다

본듸부인이 시집가려홀ᄯᅢ에 옥년의사졍이불상ᄒᆞ야 중지ᄒᆞ얏스ᄂᆞ 절문부

인이 공방에셔 고젹훈마음이잇슬씨마다 옥년이를미운마음이싱긴다

어딕셔어더온 자식말고 제쇽으로ㄴ혼자식일지라도 귀치아니훈싱국이날

로더훙눈모양이라

옥년이가 부인의게 귀염바들씨에눈 문밧게나가기를시려훙더니 부인의게

미음밧기시작훙더니 문밧게ㄴ가면드러오기를 시려훙더라

부인이 옥년이를귀이훌씨에눈 옥년이가어딕가셔 늣째오면 문에의지하야

기다리더니 옥년이를미위훙눈 마음이싱기더니 옥년이가오눈것을보면 에

그 조 왓원슈의것이 무슨연분이잇셔셔 닉집의왓눈 훙면셔눈쏠을 아드득

지푸리더라 옥년이가 안저도 그눈쏠밋

셔도 그눈쏠밋

밥을먹어 도그눈쏠밋

잠을자도그눈쏠밋

눈쏠밋혜셔자라 눈눈옥년이가 눈치만눌고 눈물만흘훙더라 하로가삼츄갓

튼 그세월이숨년이 도얏눈딕 옥년이눈 심상소학교입학훈지 사년이라옥년

의졸업식을당훙야 학교에셔 옥년이가우등싱이된고로 사룸마다층찬훙눈

소리ㄱ 옥년의 귀에는 조금도 깃버들리지 아니흔다 깃버들리지아 니홀쑨

아니라 귀가압푸고 듯기실터라

듯기실린즁에 더구나 듯기실린소리가잇스니 무슨소릴런가

저아히는 정상군의々 양녀지 군의는 료동반도함락될쁴에 쥭엇다지

그부인은 그양녀옥년이를 불상이여겨셔 시집도아니가고잇다지

에구 갸록훈 부인일셰

저 철업는옥년이가 그은혜를 다 알런지

알기는무엇슬알아 남의자식이라는것이 쓸쁴업느니 참 갸록훈일일셰

정상부인이 남의자식을길러 공부를시기려고 절문터에 시집을아니가고

잇스니 드문일이지

졸업식에모인사룸들이 옥년이지죠잇는것을 추다가 옥년의 의모되는부인

의층찬을시작ᄒ더니 밧고차기로말이 쉰어자々아니 ᄒ니옥년아는 그소리

를드를졔마다 남모르는서름이싱기더라

옥년아ㄱ 집에 도라와셔 문열고드러오면셔

어머니 ㄴ는졸업쟝맛타소

（부인）이졔는 공부다ᄒᆞ얏스니 어미를먹여살려라

공부를 네ᄀ시ᄒᆞ든듯ᄒᆞ냐 닉ᄀ시키지아니ᄒᆞ얏스면 공부ᄀ다무엇이냐

네ᄀ죠션셔자라스면 곳공부ᄒᆞ는구경도듯ᄒᆞ얏슬것이다 네운수죠흐려고

일쳥젼쟁이ᄂᆞᆫ것이다

네운수ᄂᆞᆫ죠아스ᄂᆞ 닉운슈만글럿다

너ᄒᆞ나 공부시켜려고 허구흔셰월의이고ᄉᆡᆼ을ᄒᆞ고잇다

부인이 덕셕의말이 퍼부어ᄂᆞ오니 옥년이가 고기를슉이고ᄀ 만이싱각ᄒᆞᆫ

즉 겨우소학교졸업ᄒᆞᆫ 게집아히ᄀ 졔심으로ᄂᆞᆫ 졍상부인을공양할슈도업고

졍상부인의 심을쓰입으면서 공부ᄒᆞ기도실코 ᄒᆞᆫᄀ지싱각만ᄂᆞᆫ다

아셔상을얻는버 려졍상보인의눈에 보이지물고 ᄒᆞ로밧바황쳔에ᄀ셔 란리

즁에죽은부모들 맛ᄂᆞ리라결심ᄒᆞ고 쳔년한모양으로 부인이게죠흔물로되

를납ᄒᆞ고 그날밤에 물에ᄲᅡ져죽을추로되판항구에로 ᄂᆞᆫ다ᄀ 향구에사룸

이 믄흔고로 사룸업는 곳을추져군다

어스름달밤은 각갑게잇는 사룸아라볼문흔디 이리가도사룸이잇고 져리로

가도사룸이라 옥년이가 동으로가다가 돌쳐셔셔 셔으로향ᄒᆞ다가도로돌쳐

셔ㅅ 머뭇머뭇ㅎ는모양이 되든이 슈샹훈지라

등뒤에셔 왼사름이 이익이익 부르는듸 도라다본즉 슌금이라 옥년이가소

슈쳐놀라얼는듸 답을못ㅎ니 슌금이더욱의심아나셔 압혜와셔서 말을문는다

옥년이가 되답홀말이업셔셔 억지로숨어되답하되 (勸工場) 컨공장에무엇

을 사러ㄴ왓다가 집을일코차져든인다ㅎ니 슌금이입다시의심업시 옥년의

잡통수를뭇더니 옥년이를다리고 옥년의집에와셔 졍샹부인의게 옥년이ㄱ

집이럿더사긔를말ㅎ니 부인이 슌금의게샤례ㅎ야 작별ㅎ고 옥년이를방으

로불러안치고 말을문눈다

(부인)이익 네ㄱ무슨일이잇셔ㅅ 이밥중에항구에 ㄴ갓더냐

밋친사름이아니어던 동으로ㄱ로다 서으로가다 남으로북으로 왼딍판을

혜미드라ㅎ니 무엇ㅎ러ㄴ갓더냐

너갓튼쏠두엇다ㄱ 망신ㅎ기쉽깃다 신문거리문되갯다그러혼싹 지름을눈

이쌔지도록ㅎ고잇스ㄴ 옥년아눈 혼번졍훈마음이잇눈고로 서름이더할

것도업고 내일밤되기문기다린다

그날밤에 부인은 과부셔름으로잠이 들지못ㅎ야 누엇다가 이러느셔 샛든

불을다시켜고 소셜흔권을보다가 그척을놋코 우둑커니안저서 무슨싱각을

흐눈모냥이라

운목에셔상직잠즈던로파가 벌뎍이러느더니 흐눈말이

앗씨 웨 쥬무시다가 이러느셧슴니가

(부인)팔즈사납고 근심만흔사롬이 잠이잘오느

(노파)앗씨게셔 팔자흔탄흐실것이 무엇이슴닛가 지금도조흔도리를흐

시면 조아질것이올시다 잇떠까지 혼즈고싱흐신것도 자근앗씨흐느를위

흐야 그리흐신것이아니오닛가

(부인)글셰말일세 남의자식을위하야 이고싱을흐고 잇눈것이 늬가병신

이지

(노)그러하거던 자근앗씨가 앗싸를고마운줄이느알면 조처마눈 고마와

하기눈고사흐고 앗씨보면 견눈질만살살하고 앗씨를진져리를 늬눈모양

이을시다

(부)글셰말알셰 늬가져하느를위하야 가려하던시집도 아니가고 삼년사

년을 이고싱을흐고잇스니 아무리어린것일지라도 날을 고마운줄알터인

딕 고것그리 발측하게 구네그려 오냐밤일로 말홍더리도 이상훈일이아

닌가

어린것이 아밤즁에 무엇하러 헤구에를 느갓든말인가 물에 느빠져쥭으려

고갓던지 모르깃지마는 늬가졔게무엇을 그리몹시구러셔 졔가서른마음

이잇셔쥭으려 흐얏단말인가 아무리싱각흐야도 모를일々세 만일쥭꼬보

면 셰상사룸들은 늬가구박이느흐줄로 알깃지 고런못된것이잇느

(노)쥭기는 무엇을쥭어요 쥭을터이면 남못보눈곳에가셔쥭지 이리가다

가 져리가다가 딕판바닥을다단이다가 순금의눈에씌깃슴닛가 앗씨의몸

슬이홈만 드러닐마음으로 그리흔것이올시다 앗씨게셔는 고싱만흐시고

딕에게셔도 쓸딕업슴닌다 앗씨게셔 가시려면 진쟉가셔야지 흔나이라

도 졀무셧슬씨에가셔야 흠닌다

훌미눈 느히오십이되고 머리가회쓱々々흐야 싱각흐면어느틈에 느흘이

럿케먹엇던지 셰월갓치무졍흐고덧업눈것은업슴닌다

(부)남도져럿케 느눌것스나 닌늘아니늘고 평싱에이모양으로만잇깃것느

어듸던지 늬몸하느가셔 고싱아니할곳이잇스면 늬일이라도가고 모레라

도가깃다

부인과로파눈 옥년이가잠아든줄알고 하눈말인지 잠은드럿던지 아니드럿
던지 말을듯던지 마던지 계관업시호눈말인지 부인이옥년이를버리고시집
가기로결심호고 호눈말이라

옥년이눈 그날밤에 물에싸저죽으러 느갓다가 죽지도못호고 순검의게 붓
들려드러와셔 졍상부인압헤셔 잠을즈눈디 소리를삼가고 눈물을흘이다가
졍신이혼솟호야 잠이잠군드럿는디 일몽을어덧더라

옥년이가죽으러고 평양딕동강으로 차져느가눈디 거름이걸리지아니호
야 딕동강이보이면셔 갈슈가업셔셔 이를무슈히쓰눈디 홀연이등뒤에셔
옥년아 옥년아 부르눈소리가들니거늘 도라다보니 옥년의 어머니라 별
로빈가온줄도모르고 호눈말이어머니눈 어딕로가시오 느눈오눌물에싸
져죽으러느왓소호니 옥년의모친이 호눈말이 아익죽지마러라 너의아버
지씌셔 너보고십다호눈편지를호셧드라 호눈

말꼿을맛치지못호야 졍상부인의압헤셔 로파가자다가 이러느면셔 앗씨웨
주무시다가 이러느슴닛가 호눈소리에 옥년이가잠이씨엿눈디 그잠이다

시드러셔 그꿈을이어쑤엇스면 죠케다ᄒᆞᆫ싱각을ᄒᆞᆫ 졍상부인과 로파가
밧고차기로 옥년의말만ᄒᆞ니 졍신이번졀ᄂᆞᆫ고 잠이다 다라ᄂᆞ셔 그꿈을이
여보지못ᄒᆞᆯ지라

불빗을등지고 드러누엇눈듸 귀에들리나니 가슴압푼소리라 로파ᄂᆞᆫ 부인
의마음 조도록만물ᄒᆞ니 부인은ᄒᆞ로밤늬에 로파와엇지그리 졍이드럿던지
로파더러ᄒᆞᆫᄂᆞᆫ말이 여보게늬가 어듸로가던지 자네ᄂᆞᆫ다리고갈터이니 그리
알고잇스라ᄒᆞ니 로파의듸답이 앗씨게셔 가실것은무엇잇슴잇가 셔방님이
이듸에로오시지오 앗씨ᄂᆞᆫ 시댁군다하시지말고 셔방님이 장가오신다합시
오 앗씨쌔셔 지물도잇고 이러ᄒᆞᆫ조흔집도잇스니 셔방님되시ᄂᆞᆫ이가 지물
은잇던지 엽던지 마음만착ᄒᆞ시면죠케슴니다 자근앗씨ᄂᆞᆫ 어듸로쏘초보내
시면 그만이지오

흘미ᄂᆞᆫ 죽기젼에 앗씨만뫼시고 잇깃깃스니 구박이ᄂᆞᆫ맙시오
부인이흘미더러 포도쥬ᄒᆞᆫ병을 가져오라ᄒᆞ면셔 ᄒᆞᆫᄂᆞᆫ말이 즈네말을드르니
늬속이시연ᄒᆞ고 늬근심이다 어듸로가ᄂᆞᆫ지 모르깃네 늬가아무리 무졍ᄒᆞ
들 즈네구박이야 ᄒᆞᆼ깃ᄂᆞ

슐이느먹고 잠이느자세흥더니 포도쥬흔병을 두리다싸라먹고 드러누엇더니

부인과 노파가 잠이깁피드는모양이러라

자명죵은 시로셰시를 땅々치는티 노파의코고는소라는 반즈를울린다

옥년이가 이러느셔 흔참을감안이안져셔 로파의드러누흔것을 흘겨보며흥

눈말이 이몹슬늙은여우야 사름을멫치느 잡아먹고잇씨싸지 사랏느냐

느는 너보기시려 급히쥭깃다

네는 져모양으로 빅년만더 살러라흥더니 다시머리들러 졍상부인을보며

흥눈말이

내몸을 나흔사름은 평양아버지 평양어머니오

내몸을 살여셔기른사름은 졍상아버지와 티판어머니라

내팔자긔박흥여 란리즁에 부모일코

내운수불길하야 견졍즁에 졍상아버지가 도라가니

어리고 약흔 이내몸이 만리타국에셔 티판어머니 만밋고살랏소

내몸이 어머니의 그러흔은혜를 입엇눈티 내몸을인연흥야 어머니근심되

고 어머니고싱되면 그것은옥년의 죄올시다

옥년이가 사라서는 어머니 은혜를 갑흘슈가업소

하로밧비 흔시밧비 밧비 밧비 쥭엇스면 어머니에게 걱정되지아니하고 내

근심도 이져모르깃소

어머니 ᄂᆞ눈가오 부듸근심말고 지내시오

ᄒᆞ면셔 눈물이 비오듯ᄒᆞ다가 ᄒᆞᆫ참진졍하야 이러ᄂᆞ더니 문을열고ᄂᆞ가니

가려ᄂᆞᆫ길은 황쳔이라

항구에다 ᄉᆞ르니 널고기푸흔 바다물은 ᄒᆞᄂᆞᆯ에단듯ᄒᆞᆫ듸 옥년에가는곳은 져

길이라

옥년이가 그불을바라보고 ᄒᆞ눈말아 오냐 반갑다 오던길로 도로가ᄂᆞᆫ구ᄂᆞ

일청젼졍이러낫슬ᄯᆡ에 그젼졍은우리집에셔혼자 당한듯이 내부모ᄂᆞ 쥭은

곳도모르고 내몸에ᄂᆞ 총을마져쥭게된것을 졍상군의손에 목숨이도로사라

나셔 어용션을타고 져바다로건너왓고나 오기는 물우에길로 왓거이와 가

기ᄂᆞ 물속길로 가리로다

내몸이 져물에ᄲᅡ지거든 이물에셔썩지말고 물결바람결에몸이 둥々ᄯᅥ셔

신호마관지ᄂᆞ가셔 되마도압흐로 죠션히협ᄇᆞ라보며 살갓치ᄲᆞᆯ리 ᄀᆞ셔진남

포로드러ㄱ셔 듸동강하류에셔 역류하야올라ㄱ면 평양북문볼거시니 이몸

이쩍드릴도 듸둥둥에셔썩고지고 물아부락하자 ㄴ눈녀를쏘차ㄹ다 하ㄴ눈소

리에 바다물은 듸답하ㄴ듯이 물소리ㄱ 소슈쳐셔쳔하ㄱ 다 물소리속에잇

눈것갓흔지라 옥년이ㄱ 졍신이앗득하여 푹곡구러졋다

설고원통흔 민쳔마음에 긔식을하얏다가 그긔운이 조곰돌면셔 그듸로잠

이드러 쏘꿈을쑤엇더라

뒤에셔 옥년아 ㅆㅆㅅ부르눈소리만들니고 사름은보이지아니하ㄴ듸 옥년

의마음에ㄴ 옥년의어머니라 이이쥭지말고다시한번만ㄴ보자 하ㄴ눈소리에

옥년이가 듸답하려고 말을닙드려흔즉 소리가ㄴ오지아니하야 인를쓰다가

소리를버럭지르면셔 옥년이가 졍신이ㄴ셔 눈을쩌보니 하눌의별은총ㅅ하

고 물소리ㄴ그윽흔지라 긔식을하얏던지 잠이드럿던지 졍신이황홀하다

옥년이가다시싱각하되 늬가오눌밤에꿈을 두번이나쑤엿눈듸 우리어머니

가 눌더러쥭지말나ㅎ얏스니 우리어머니가 살아잇눈가 의심이ㄴ셔마음을

진졍하야곳쳐 싱각흔다

어머니가 이셰상에살아잇셔ㅅ 평싱에늬얼골 흔번보고즈하ㄴ눈마음으로 하

놀이 감동되고 귀신이 도라보아 내쑴에 현몽ᄒᆞ니 내가죽으면 부모의게 불

효이라

고싱이되더리도 참ᄂᆞᆫ것이 오른일이오 근심이잇드리도 이저버리ᄂᆞᆫ것이

오른일이라 오냐 일곱살부터 지금ᄭᅡ지 고싱으로사랏스니 죽지말고사랏

다가 부모의얼골이ᄂᆞ ᄒᆞᆫ번다시보고 죽으리라ᄒᆞ고 돌쳐셔ᄉᆞ 듸판으로다

시 드러가니

그쌔ᄂᆞᆫ 날이새려ᄒᆞ눈쎄라 거름을밧비거러 졍상군의집압헤가셔 드러가

아니ᄒᆞ고 감아니드른죽 로파의목소리가 들너ᄂᆞᆫ지라

(로파) 앗씨 앗씨 자근앗씨가 어듸갓슴니가

(부인)응 무어시야 ᄂᆞᄂᆞᆫᄒᆞᆫ잠에 늬쳐자고 이졔야ᄭᅢ엿네 옥년이가 어듸

로가

뒤ᄭᅡᆫ에ᄭᅡ는지 불너보게

(노)늬가 지금 뒤ᄭᅡᆫ에든녀오ᄂᆞᆫ 길이올시다

안으로 거럿든듸문이 열녀스니 밧그로ᄂᆞᆫ군거시올시다

ᄒᆞᆫ눈소릭에 옥년이가드러갈슈업셔ᄉᆞ도로돌쳐셔니 갈곳이업ᄂᆞᆫ지라

명호ᄂᆞ 마음업시 졍거장으로나가니 그ᄯᅢ (一番) 일번긔차에 ᄯᅥ나려ᄒᆞᄂᆞᆫ힝인

들이 졍거장으로 모혀드ᄂᆞᆫ지라 옥년의마음에 동경이나가고시푸나 동경셰

지갈긔차표살돈은업고 다만이십젼이잇ᄂᆞᆫ지라 옥년아가 ᄃᆡ판만ᄯᅥ나셔어

ᄃᆡ던지가면남의집에 (奉公) 봉공ᄒᆞ고잇슬이라 결심ᄒᆞ고 찬목졍거장ᄭᅢ지

가ᄂᆞᆫ 긔차표룰사셔 (一番) 일번긔차룰타니 삼등차에사ᄅᆞᆷ이 너무마ᄂᆞ드러

셔 옥년이가 안질곳을엇지못ᄒᆞ고 셧ᄂᆞᆫ듸 등뒤에셔 원 셔싱이죠션말로 혼

ᄌᆞᆼ얼〱 ᄒᆞᄂᆞᆫ말이웬 계집아희가 남의압헤와셧다ᄒᆞᄂᆞᆫ소리에 옥년이가

도라다보니 ᄂᆞ히열칠팔셰되고 얼골은볏혜걸어셔 익은복송아ᄀᆞᆺ고 코ᄂᆞᆫ웃

둑셔고 눈은만판졍신긔잇ᄂᆞᆫ듸 입기ᄂᆞᆫ양복을입엇스나양복은처음입은 사

ᄅᆞᆷᄀᆞᆺ치 셧틀러보이ᄂᆞᆫ지라 옥년이가 도라다보ᄂᆞᆫ거슬보더니 ᄯᅩ죠션말로

혼ᄌᆞᆼᄒᆞᄂᆞᆫ말이 고겨집아히 ᄯᅮᆨᄯᆞᆺᄒᆞ다 져죠잇깃다 우리나라 계집아히ᄀᆞᆺᄒᆞ

면 죠러ᄒᆞᆫ것들이 판ᄉᆞ히놀깃지 녀긔셔ᄂᆞᆫ 죠런것들도 모다공부룰ᄒᆞᆫ다ᄒᆞ

니 죠거슨무엇ᄒᆞᄂᆞᆫ계졉아히인지

그러ᄒᆞᆫ소릭룰 겻희사ᄅᆞᆷ이 아무도못아라드르ᄂᆞ 옥년의귀에ᄂᆞᆫ 알아드룰ᄲᅮᆫ

이아니라 ᄃᆡ판온지몃힌ᄆᆞᆫ에 고국물소릭룰 쳐음듯ᄂᆞᆫ지라 반갑긔가ᄎᆞᆨ낭업

스느 게집아희마음이라 먼저말ㅎ기도 붓그러운싱각이잇셔ㅅ 말을못ㅎ고

옥년이도 혼자말로 셔싱의귀에들리도록 ㅎ는말이 어듸가좀안질곳이잇셔

야지 셔ㅅ갈슈ㄱ잇느 ㅎ는소리에 뒤에잇던셔싱이 ㅅ승히녀겨셔 ㅎ는말

이 그아희가 조선사롬인가 느는일본게집아희로보앗더니 죠션물을ㅎ니네ㅎ

더니 서슴지아니ㅎ고 물을문는다

이의 네가 죠션사롬이아니냐

(옥년)녜 죠션사롬이오

(셔)그러면 멋살에와셔 멋히가되얏느냐

(옥)일곱살에와셔 지금열ㅎ살되얏소

(셔)와셔 무엇ㅎ얏는냐

(옥)심상소학교에셔 공부ㅎ고 어졔가졸업식ㅎ던놀이오

(셔)너는 날보다낫고나 느는이졔공부ㅎ러 미국으로가려ㅎ는듸 말도

르고 글도다른미국을가면 글쏫훈자모르고 말훈마듸모르는사롬이 엇

지고 싱을ㅎ릴런지 너눈일본에온지가 사오년이되얏다ㅎ니 이졔눈그고싱

을 다 면ㅎ얏깃고느 어린아희가공부ㅎ러여긔ㅅ지왓스니 참갸록훈노룻

이다

(옥년) 당초에 여긔올씩에 공부홀 마음으로왓스면 칭찬을드러 도붓그

럽지아니홀깃스나 운수불힝호야 고싱길로 여긔싸지왓스니 칭찬을드러

도○○○○○○○○○○○○○○○○○○○○○○○○

호면셔목이 머이는소릭로 눈에 눈물이가랑〈호야 고기를살짝수구린다

셔싱이 물그름이보고 셔로아모말이업는딕 졍거장호각한소릭에 긔차화통

에셔 흑운갓흔연긔를 훅〈닉씀으면셔 긔초가다라는다

옥년의마음에 자목졍거장에가면 닉려야홀터인딕 엇더한집에가셔 엇더혼

고싱을홀지 압혜닐이 망연혼지라

옥년이가 〈고자호는껼을 갈지경이면 자목가는동안아 딕단이더된듯호려

마는 긔차표딕로 자목외에는 더글슈업는고로 시려도 닉릴곳이라 형셰좃

케다라는는긔차의 셔슬은오늘히젼에 호눌밋싸지 갈솟혼딕 자목졍거장이

머지아니호다

(셔싱)이의 네가어딕싸지가는지 셔〈가면 다리가압파가깃느냐

(옥년)자목싸지가셔 ᄂ릴터이오

(셔)자목에 아는사람이잇느냐

(옥)업셔요

(셔)그러면 자목은 웨 가느냐

옥년이가 슈건으로 눈을씻고 딕답을 아니ᄒᆞ는디 셔싱이말을 더뭇고시푸

느 겻ᄒᆞᆫ사름들이 옥년이와셔싱을 유심이보는지타 셔싱이시로히 시침이

를떠이고 창밧게로머리를두루고 먼산을바라보느 졍신은옥년의 눈물느는

눈에만잇더라

썬르던긔차가 차ᄉᆞ천ᄉᆞ이가다가 싹멈치면셔 번둥되야뒤로물러느니 섯던

옥년이가녀머지며 손으로셔싱의 다리를집ᄒᆞ니 공교히셔싱다리의 신경믹

을집흔지라 그ᄯᅢ셔싱은 창밧만보고안젓다가 입을싹버리면서 ᄭᆞᆷ짝놀라

도라다보니 옥년이가 무심즁에일본말로 실례이라ᄒᆞᆫᄂᆞ 그 셔싱은 일본물

을모르는고로 아라듯지는못ᄒᆞᆫᄂᆞ 외양으로가엽서 하는줄로알고 그딕답은

업시 죠흔얼골빗ᄎᆞ로 ᄯᅡᆫ물을ᄒᆞᆫ다

(셔)네 오눈곳이 이졍거장이냐ᄒᆞ던차에

장거수가 도라단이면서 자목〈〉〈〉〈〉이라 소릭를지르며 문을여니

옥년이는 어린몸에 일본풍속에 져진으혀라 셔성의게향하야 허리를구푸며

또 일본말로 작별인스호면셔 긔차에 느려가니 구름갓치느려가는 힝인즁

에 나막신소릭뿐이라 셔성은 졍신이얼떨한되 옥년이 가는모양을 보고자

하야 창밧게로늬다보니 사름에셕기여셔 보히지아니호는지라 셔성이ᄀ방

을들고 옥년이를 조차나ᄀ다가 졍거장나ᄀ는 어귀에셔 만는지라 옥년이

ᄀ 이상히보면셔 말업시나ᄀ니 셔성도쏘한 아무말업시싸라느ᄀ더라

옥년이ᄀ 졍거장밧게로 느ᄀ더니 갈바랄아지못하야 우둑허니셧거늘 버

러먹기에 눈에돈동독이안진 인력거군은 옥년의뒤를싸라ᄀ며 인력거를타

라힝나 돈업교갈곳모르는 옥년이는 거듭써보지도아니하고 셧다

(셔성)이이 늬ᄀ네게 쳥할일이잇다 느는일본에쳐음으로 오는사름이라

네게 무러볼일이잇스니 쥬막으로잠깐 드러갓스면 죳킷스니 네생각에

엇더하냐

(옥)그러면 져긔(旅人宿)여인슉이잇스니 잠깐드러ᄀ셔 할말을하시오

하면셔 압셔가니 즈목에쳐음오기는 셔성이는옥년이느 일본이언마는 옥년

이는 자목에몃번이느 와셔본사룸과갓치익달훈모양으로 여인슉으로드러

六十三

ㄱ더라

여인슉융인이 삼청집졔 일놉흔방으로 인도ᄒᆞ고 ᄂᆞ려가니 셔싱은모다쳐음

보ᄂᆞᆫ거시라 졍신이황홀ᄒᆞ야 옥년이만ᄂᆞᆫ거슬 다힝하녀긴ᄃᆞ

이익 뇌ㄱ여긔만와도 이럿듯답ᄉᆞᄒᆞ니 미국에ㄱ면 오작ᄒᆞ깃ᄂᆞᆫ냐

너눈 타국에와셔 오릭잇섯스니 별물졍다알깃고ᄂᆞ 우션네게 졸빅울것

도만커니와 만리타국에서 뜻밧게만낫스니 셔로잇ᄂᆞᆫ곳이ᄂᆞ 알고혜지ᄌᆞ

ᄂᆞ눈공부ᄒᆞ고ᄌᆞ ᄒᆞᄂᆞᆫ마음으로 부모도모루게 미국을갈차로 ᄂᆞ셧더니불

과여긔를와셔 이럿듯답ᄉᆞᄒᆞᆫ 싱각만ᄂᆞ나 엇자ᄒᆞ면 죠흘지모로깃다

ᄒᆞᄂᆞᆫ소리에 옥년이ᄂᆞᆫ 심상훈고국사룸을 ᄆᆞᆫᄂᆞᆫ것갓지아니ᄒᆞ고 쳔부모이ᄂᆞ

쳔형졔이ᄂᆞ ᄆᆞᆫᄂᆞᆫ것갓다

목단봉아리셔 발을구르고우던일븟터 디푠항구에서 물에ᄲᅥ져 죽으려던일

셕지 낫ㅅ차말훈다

(셔싱)그러면 우리둘이 미국으로건너가셔 공부ᄂᆞᆫᄒᆞ고잇다가 녀의부모

소식을듯거든 비먼져고국으로 가게ᄒᆞ여주마

(옥년)。。。。。。。。。。。。。。。。。。。。。

（셔셩）오냐 학비는념녀마러라 우리들이 ᄂ라의빅셩되얏다가 공부도못

ᄒ고 야만을면치못ᄒ면 사라셔쓸ᄃ잇ᄂ냐 네눈일쳥젼졍을 너혼자당한

듯이알고잇ᄂ보다마는 우리나라사름이 누가당ᄒ지아니한일이냐 제곳

에아니ᄂ고 제눈에못보앗다고 퇴평셩셰로아는 사름들은밥벌레라 사름

사름이 밥벌레ᄀ되야 셰상을모로고지닉면 몃힉후에는 우리ᄂ라에셔일

쳥젼졍갓흔란리를 쏘당홀거시라 ᄒ로밧비공부ᄒ야 우리ᄂ라의 부인교

육은 베ᄀ맛타문명길을 여러주어라

ᄒ눈소ᄅᆡ에 옥년의 쳡々한근심이 씨슨드시 다 업셔젓눈지라 그길로횡빈

싸지ᄀ셔 ᄇᆡ를타니 퇴평양너른물에

마름갓치ᄯᅥ셔 활살갓치 밤낫업시다라ᄂ눈 화륜션이 슘쥬일문에 상항에

이르러 닷출슈니 이곳부터 믹국이라 죠션셔낫시되면 믹국에는 밤이되

고미국에셔 밤이되면 조션셔눈낫시되야 쥬야가샹변되는별쳔자라 산도셜

고물도셜고 사름도쳐음보눈인물이라 키크고 코놉고 노랑머리 흰살빗에

그사름들이 도뎍심이빅 가륵쳐지도록 드럿드린도 옥년에눈에눈 무셥게만

보인다

셔생과 옥년이가 류디에 느려져 갈비를아지못ᄒ야 공논이부신ᄒ다

(셔) 이인 옥년아 네가영어할줄아느냐

조금도 모르느냐

한마듸도。。。。。。。。。。。。。。。。。。。。。。。。。

그러면 참싹한일이로구느

어듸가 어듸인지 무러볼수가업고나

사 오총되는 놉흔집은 구름속ᄒ늘밋히 단듯한듸 물셜듯ᄒ는 사름들이 도
야들고 도야느는모양은 쥬목집갓흔곳도 만히보히느 언어를둥치못ᄒ는고
로 어린셔싱들이 엇지ᄒ면조흘지 아지못ᄒ야 옥년이가지향업시사름을듸
ᄒ야 일어로무슴말을무르니 셔싱의마음에는 옥년이가 영어를조금알면셔
졈사로모른다 호쥴로알고 아라듯지도못ᄒ는 소리를밧삭드러셔々 듯는다
옥년의귀로 둘을포기계여도 치어다볼듯한 키큰부인이 얼골에눈새그물갓
한것을쓰고 무밋둥갓치쒸삿한 어린아히를 압혜셰고 지나가다가 옥년의
말ᄒ는소리듯고 무엇이라듸답ᄒ는지 셔싱과 옥년의귀에는 ᄇᄉ々。。ᄒ는
쇼리갓고 말ᄒ는쇼리갓지는아니한지라

그 부인이 뒤에 (후로고투)입은남자를 도라보면셔 또(바々々。。)ᄒᆞ니그남조는쳥국말을ᄒᆞᄂᆞᆫ 양인이라 쳥국말로무슴말을ᄒᆞᄂᆞᆫᄃᆡ 셔싱과 옥년의귀에는 (또바)ᄒᆞᄂᆞᆫ쇼릭갓고 말소릭갓지아니ᄒᆞ다

셔싱은 옥년이가 그말을아라 드른줄로아고

(셔싱)이익 그거시무슨말이냐

(옥)。。。。。。。。。。。。。。。。。。

(셔)그 남자의말도 못아라 드럿ᄂᆞ냐。。。。。。。。。。。。。。。。。。

그렷듯곤란ᄒᆞ던차에 쳥인로동즁ᄒᆞ펴가 지ᄂᆞ거날 셔싱이조ᄎᆞ가셔 필담ᄒᆞ기를쳥ᄒᆞ니 그로동즁즁에ᄂᆞᆫ 한문자아ᄂᆞᆫ사람이업ᄂᆞᆫ지 손으로눈을가리더니 그손을다시들어 홰々내젓눈모양이 무식ᄒᆞ야 글짜를못아라본다 ᄒᆞᄂᆞᆫ눈치라

그씩맛참 엇더ᄒᆞᆫ쳥인이 ᄒᆡ빗에윤이질흐르고 흐르ᄂᆞᆫ비단옷을입고 마ᄎᆞ를타고 풍우갓치달려가ᄂᆞᆫᄃᆡ 셔싱이 그쳥인을가르치며 옥년이더러ᄒᆞᄂᆞᆫ말이 저려훈쳥인은 무식ᄒᆞ리가 만무ᄒᆞ다ᄒᆞ면셔 소리를버럭지르니 마ᄎᆞ탄사람은 그소리를드럿스ᄂᆞ ᄎᆞ머히고다라나ᄂᆞᆫ말은 그소리듯고안이듯고구에네

굼을모아 다라ᄂᆞᆫ되 셔싱의소리가 다시마ᄎᆞ에들일슈업ᄂᆞᆫ지라 마ᄎᆞ탄쳥
인이 ᄎᆞ부더러 마ᄎᆞ를멈치라ᄒᆞ더니 션ᄉᆞᆺ뛰여ᄂᆡ려셔 셔싱의읍ᄒᆞ로향ᄒᆞ야
오니 셔싱이 연필을가지고 무어슬쓰려ᄒᆞᄂᆞᆫ되 쳥인이옥년이옷을본즉 일
복이라 일본사름으로알고 옥년의게향ᄒᆞ야 일어로말을무르니 옥년이가깃
분마음을 이기지못ᄒᆞ야 쳥인압ᄒᆞ로와셔 말되답을ᄒᆞᄂᆞᆫ되 셔싱은연필을멈
치고 셧더라

원리 그쳥인은 일본에잠시류람ᄒᆞᆫ사름이라 일본말을 ᄒᆞᆫ두마듸아라드르ᄂᆞ
쟝황ᄒᆞᆫ슈쟉은 못ᄒᆞᄂᆞᆫ지라 옥년이가쳡ᄉᆞᄒᆞᆫ말이 ᄂᆞ을수록 그쳥인의귀에ᄂᆞᆫ
졈ᄉᆞ아라드를슈업고 다만조션사름이라 ᄒᆞᄂᆞᆫ소리만아라드른지라
쳥인이다시 셔싱을향ᄒᆞ야 필담으로되ᇰ사졍을듯고 명함ᄒᆞᆫ쟝을니더니 어
떠ᄒᆞᆫ쳥인의게 부탁ᄒᆞᄂᆞᆫ말몃마듸를 써셔주ᄂᆞᆫ되 그명함을본즉 쳥국기혁당
에 유명ᄒᆞᆫ강유위라 그명함을젼ᄒᆞᆯ곳은 일어도잘ᄒᆞᄂᆞᆫ 쳥인인되 다년 상ᄒᆡ
에잇든사름이라 그사름의쥬션으로 셔싱과 옥년이가 미국화셩돈에가셔
쳥인학도들과갓치 학교에드러가셔 공부를ᄒᆞ고잇더라
옥년이가 미국화셩돈에 다섯ᄒᆡ를잇셔ᄉᆞ ᄒᆞ로도학교에 아니가ᄂᆞᆫ이업시

단기며 공부를ᄒᆞ는ᄃᆡ 지조잇고 부지런한사ᄅᆞᆷ으로 그학교녀학ᄉᆡᆼ즁에ᄂᆞᆫ제

일칭찬을듯ᄂᆞᆫ지라

그ᄯᆡ옥년이가 고등소학교에셔 졸업우등셩으로 옥년의일홈와 옥년의사젹

이 화셩돈신문에낫ᄂᆞᆫᄃᆡ 그신문을보고 이상히깃버ᄒᆞᄂᆞᆫ 사ᄅᆞᆷ이ᄂᆞ히잇ᄂᆞᆫᄃᆡ

엇지그럿케 깃부던지 부지즁눈물이 쏘다진다

깃분마음을 이기지못ᄒᆞ야 도로혀의삼을낸다

의심즁에 혼ᄌᆞᆷ말로 즁얼즁얼ᄒᆞᆫ다

죠션스름의일을 영셔로번역ᄒᆞᆫ거시라 혹번역이잘못되얏ᄂᆞ 뉘가미국에

온지가 십년이ᄂᆞ되얏스ᄂᆞ 영문에셧를러셔 보기를잘못보앗ᄂᆞ

그럿케다심ᄒᆞ게 ᄉᆡᆼ각ᄒᆞᄂᆞᆫ스름의 셩명은 김관알인ᄃᆡ 그ᄯᆞᆯ의일홈이 옥년

이라 알쳥젼짓낫슬ᄯᆡ에 그ᄯᆞᆯ의ᄉᆡᆼ을모르고 미국에왓ᄂᆞᆫᄃᆡ 그ᄯᆡ화셩돈신

문에ᄂᆞᆫ 말은옥년의학교 셩젹과평양스름으로 알곱살에일본ᄃᆡ판가셔 심

상소학교 졸업ᄒᆞ고 그길로미국 화셩돈에와셔 고등소학교에셔 졸업ᄒᆞ얏

다ᄒᆞᆫ 군단ᄒᆞᆫ말아라 김씨가분명히 자긔의ᄯᆞᆯ이라고ᄂᆞᆫ 질언ᄒᆞᆯ슈업스ᄂᆞ 옥

년아라ᄒᆞᄂᆞᆫ일홈과 평양사름이라ᄂᆞᆫ말과 일곱살에 집ᄯᅥ낫다ᄒᆞᄂᆞᆫ말은 김관

일의 마음에 정녕 뉘딸이라고 싱각아니ᄒᆞ슈도업ᄂᆞᆫ지라 김씨가그학교에 초

져가니 그썩ᄂᆞᆫ 그학교에셔 학도졸업식후에 셔즁휴학이라 학교에아무도업

ᄂᆞᆫ고로 무릅곳이업ᄂᆞᆫ지라 김씨가 옥년을만ᄂᆞ지못ᄒᆞ고 도라왓더라

옥년이가 졸업ᄒᆞ던ᄂᆞᆯ에 학교졸업장을가지고 (호텔)로 도라가니 쥬인은

치ᄒᆞᄒᆞ면셔 옥년의얼골빗슬 이상히보더라

옥년이가 슈삼이쳡々혼모양으로 져녁료리도먹지아니ᄒᆞ고 셔슨에ᄯᅥ러지

ᄂᆞᆫ히를 처어다보며 탄식ᄒᆞ더라

그썩마참 밧게손이와셔 찬ᄂᆞᆫ다ᄒᆞᄂᆞᆫ딕 명함을바다보더니 옥년이가 얼골

빗슬쳔연히곳치고 손을드러오라ᄒᆞ니 그손이 (쎌이) 운따라드러오거ᄂᆞᆯ

옥년이가 션읏이러ᄂᆞ면 그사람의손을 잡아인사ᄒᆞ고(벨불)압헤셔 마조향

ᄒᆞ야 의ᄌᆞ예거러안지니 그손은 옥년이와 일본딕판셔동힝ᄒᆞ던셔성인딕

그일홈은 구완셔라

(구)네 졸업은 감츅ᄒᆞ다

허々 계집의지죠가 손아희보다 ᄂᆞ흔거시로구나

너ᄂᆞᆫ 미국온지일년만에 영어를딕강아라듯고 학교에샤지드러가셔 금년

七十

에 졸업을ᄒᆞᆼ얏는ᄃᆡ ᄂᆞᄂᆞᆫ미국온지 두ᄒᆡ만에 즁학교에 드러가셔 ᄃᆡ년이

졸업이라 네게ᄂᆞᆫ 빅긔를들고 항복아니ᄒᆞᆯ슈가업다

옥년이가 ᄃᆡ답을ᄒᆞᆼ는ᄃᆡ 어려셔일본에서 자라ᄂᆞᆫ사람이라 말을ᄒᆞᆼ야도

일본말투가 만터라

닉가 그ᄃᆡ의은혜를바다셔 오ᄂᆞᆯ이럿케 공부를ᄒᆞᆼ얏스니 심히곰압소

ᄒᆞᆼ니 일본풍속에젓인 옥년이는 제습관으로말ᄒᆞᆼ거니와 구씨ᄂᆞᆫ죠션셔 ᄌᆞ

란사람이라 죠션풍속으로 옥년이가 아ᄒᆡ인고로 ᄒᆡ라를ᄒᆞᆼ다가 ᄉᆡᆼ각ᄒᆞᆫ즉

져도 ᄯᅩᄒᆞᆫ아ᄒᆡ이라

(구)허ᄉᆞ허 우리들아 죠션ᄉᆞ람인즉 죠션풍속ᄃᆡ로문 수작ᄒᆞᆼ자

우리쳐음볼ᄯᆡ에 네가ᄂᆞ허어린고로 닉가ᄒᆡ라를ᄒᆞᆼ얏더니 지금은나ᄒᆡ 열

여섯살이되야 져럿케쳬ᄃᆡᄒᆞᆼ니 ᄒᆡ라ᄒᆞᆼ기가 셔먹셔먹ᄒᆞᆼ고나

(옥)죠션풍ᄃᆡ로 말ᄒᆞᆼ자ᄒᆞᆼ시면셔 아ᄒᆡ를보고 ᄒᆡ라ᄒᆞᆼ시기가 셔먹셔먹

하셔요

(구)허ᄉᆞ허 요절ᄒᆞᆯ일도만타 나도지금ᄭᅥ지 장가를아니든아ᄒᆡ라 아ᄒᆡᄂᆞᆫ

일반이니 너도놀보고 ᄒᆡ라하ᄂᆞᆫ거시 죠흔일이니 슷접케너도 놀더러ᄒᆡ

라하여라 그리ᄒ면 늬가너더러 ᄒ라하더리도 불안ᄒᆞᆫ마음이업깃다

(옥)그딕는 부인이게신줄로 아랏더니。。。。。。。。。。。。。。。。

미국에오실ᄯᅢ 십칠셰라ᄒᆞ셧스니 조션갓치혼인을 일즉ᄒᆞᄂᆞ라에셔 엇

지ᄒ야 그ᄯᅢᄭᅡ지 장가를아니드르셧소

(구)너는 놀더러죵시 ᄒ라소리를아니ᄒᆞ니 ᄂᆞ도마쥬ᄒ오를 홀일이로구

허ㅅㅅ허ㅅㅅ

그러ᄂᆞ 말딕답은아니ᄒ고 ᄯᅡᆫ소리만ᄒ야셔 딕단이실례ᄒ엿다 늬가우리

ᄂᆞ라에잇슬ᄯᅢ에 우리부모가 늬ᄂᆞᄒ열두셔너살부터 장가를드리려ᄒᆞᄂᆞ

거슬늬가 마다ᄒ엿다

우리나라사람들이 죠혼ᄒᆞᄂᆞᆫ거시 올혼일이아니라

ᄂᆞ눈언제던지공부ᄒ야 학문지식이 넉ㅅ혼후에 안히도학문잇는 사람을

구ᄒ야 장가들깃다 학문도업고 지식도업고 입에셔 젓늬가모랑모랑 ᄂᆞ

ᄂᆞᆫ거슬 장가드리면짐 승의자웅갓치 아무것도모르고 음양빅합의락만

알거이라 그런고로 우리나라사람들이 즘승갓치제몸이나알고 제게집제

식기ᄂᆞᆫ알고 나라를위ᄒ기ᄂᆞᆫ고 사ᄒ고나라지물을 도젹질ᄒ여먹으려고

눈이 벌것케뒤잡펴셔 도라든기는거시 다어러셔 학문을빅우지못혼연고

라 우라가 이갓흔문명혼셰상에나셔 나라에유익후고 스회에명예잇눈큰

스업을 혹자후눈 목젹으로 만리타국에와셔 쇠공이를가라 바눌맨드눈

셩역을가지고 공부후야 남파갓흔 학문과 남파갓흔지식이 나눌이달나

가눈이떠에 쟝가를드러셔 셕계상에정신을 허비후면 유지혼디쟝부가아

니라

이익옥년아 그럿치아니후냐

구씨의활발한 말혼마듸에 옥년의근심후던 마음이푸러저셔 우스며

(옥)저러혼 의논을드르면 닉속이시연후오

혼자잇슬떠눈 참○○○○○○○○○○○○○○○○○○

말를멈처고 구씨를처어다보눈듸 구씨가 옥년의 근심잇눈긔색을 언듯짐

쟉후얏스나 구씨눈본릭 활불혼사람이라 시계를닉여보더니 션듯이러느

며 쟉별인사후고 저벅ㅅㅅ느려가눈듸 옥년이눈의즈의거러안저셔

먼산을보며 이젓던근심을 다시한다 혼숨을쉬고혼자 신셰타령을후며옛

일도싱각후고 압일도걱정후눈듸 뜻을뎡치못혼다

어— 셰월도쉽고느

일본셔 미국으로 건너 오던날이 어졔굿고느

늬가일본딕 판잇슬싸에 심상 소학교졸업ㅎ던늘은 ㅎ로밤에 두번을 쥭으

려고ㅎ얏더니 오날쏘 엇 쩌흔팔자사나운일이느 업슬런지

늬가 쥭기가시려셔 쥭지아냐 한것도아니오

공부ㅎ고자ㅎ야 이곳에 온것도아니라

딕판항에셔 쥭기로결심ㅎ고 물에쩌러지려홀때에 한되는마암으로 섬이

되야 그럿튼지 우리어머니가 날더러쥭지말라 ㅎ시던소릭가 아무리 섬

일찌라도 녁ㅅㅎ기가 셩시굿호고로 슬푼마암을진졍ㅎ고 이목숨이다사

사라느셔 너른쳔지에 붓칠곳이업는지라

지향업시 동경가는긔 초를 타고 가다가 쳔우신죠ㅎ야 고군사 람을 만느셔

일동일졍을 남의게신셰를지고 오늘싸지잇셧스니 허구흔셰월을 남의덕

만바룰슈는업고 만일그신셰를 아니지흘지경이면 ㅎ로흔시라도 려비를

엇지써셔잇슬슈도업스니 엇지ㅎ여야 죠흘런지 ㅇㅇㅇㅇㅇㅇㅇㅇㅇㅇㅇ

우리부모는 셰상에사라잇는지 부모의소싱도모르니 헐ㅅ흔이흔몸이 사

라잇슨들무엇ᄒ리오 차라리티판셔 죽엇더면 이근심을몰라슬것인디 엇

지ᄒ야사라던가

사람의 일평싱이 이럿듯근심만ᄒ올진디 죽어모로ᄂ것이 졔일이라

그러ᄂ지금여기셔ᄂ 죽으려도 죽을수도업구나

늬가죽으면 구씨ᄂ ᄂ를딕단아 그르게여길터이라

구씨의튀산갓흔 은혜를입고 그은혜를 갑지못ᄒ고죽으면 남의은혜를져

버리ᄂ것이라 잇지ᄒ면죠흘고

그럿듯탄셕ᄒ고 그밤을의자에안진치로 셔우다가 졍신이혼々ᄒ야

잠이들며 ᄭᅮᆷ을ᄭᅮ엇더라

ᄭᅮᆷ에ᄂᆫ팔월츄셕인디 평양셩중에셔 일년졔일가ᄂ 명졀이라고 와글々々ᄒ

ᄂ종이라

으히들은 추셕밤으로 시옷을임고 떡죠각실파기울 빅가특터지도록먹고억

ᄭᅵ로숨을쉬ᄂ것들이 가루도뛰고 셰로도뛴다

어른들은 이셰상이 왼셰상이냐 ᄒ도록술먹고 쥬졍을ᄒ면셔 힝길을쓸어

지나가고

거문고줄양금치는 쎄쎄쏘리소리굿흔 녀청시죠를 어울러셔 이골목저골목이

사랑저사랑에셔 어듸던지 그소리업는곳이업다 셩중이그러케 흥치로지니

는듸 옥연이는 꿈에도 흥치가업고 비창흔마음으로 부모산수에 단길러군

다

복문밧게나가셔 모란봉에올나가니 고려장갓치 큰쌍분이잇는듸 옥연이

가 뫼압헤로가셔 안지며허리춤에셔 능금두기를 집어늬며 흥는말이

여보 어머니이러케큰 능금구경흥셧소 늬가미국셔나올쎄에 사가지고왓

쇼 한긔는 아바지드리고 흥긔는어머니 잡수시오

흥면셔뫼압헤 흥느식노흐니

홀연이 쌍분은군곳업고 송장둘이 이러안저 셔그능금을먹는듸 본릭살은

다썩고 뼈 만양상흔송장이라 능금을먹다가 우아릭 이가못작싹저셔압혜쩌

러지는듸 박씨말녀느러 노흔것갓흔지라 옥연이가무서운싱각이 더럭느셔

소리를지르다가 가위를눌엿더라

그쎄날이시여셔 다밝은후이라 이웃방에잇는 녀학싱이쓰러느셔 뒤짠에로

느려가눈길에 옥년의방압흐로 지느다가 옥년의가위 눌리는소리를드럿스

느 남의 방에로흠부루 드러갈수눈업고 망단한 마음에급히 （電氣招人鍾）

견긔 쵸인죵을누르니 （쩐이） 가 오눈지라 녀학싱이 쩐이를보고 옥년의방

을가르치며 이방에셔 괴상한소리가 눈다호니 쩐이가 옥년의 방문을여눈

대 문소리에옥년이가 잠을셰여본즉남가일몽이라

무셔운꿈을 셰일쌔에눈 시연한싱각아잇더니 다시싱각호니 비창한마음을이

기지못호야 탄식호눈소리가 무삼즁에느온다

꿈이란거슨 무엇인고

꿈을밋어야 오른가 밋을지경이면 어졔밤꿈은 우리부모가 다 이셰상에

눈아니계신 꿈이로구나

꿈을 아니밋어야오른가 아니밋을진된 되판셔 꿈을쑤고 부모가 싱존호

신줄로알고 잇던일이 허스로구나

꿈이마저도 늬게눈불 힝한일이오

꿈이 맛치지아니호야도 늬게눈불힝한일이라

그러느 다시싱각호야보니 꿈은졍녕허스라 우리아버지눈 난리즁에도라

가셧스니 가령쳔쳑이잇더리도 송장차질슈가업눈터이라 더구느 사고무

찬흔우리집에 목숨이붓터 사라잇는것은 그씨 일곱살먹은 불효의딸옥년

이분이라 우리아버지 송장차질사롬이 누가잇스리오

모란봉저녁볏혜 훌々나라드는 싸마귀가 간창즈를물어다가 고목나무놉

흔가지에 척々거려 노흔거슨 전장에쥭은송장의 창즈이라 셰상에엇더흔

고마운 사롬이잇셔서 우리아버지송장을 차져다가 고려장갓치긔구잇게

장々를지닐슈가 잇스리오

우리어머니는 되동강물에 씬저쥭으려고 벽상에영결셔를 써셔붓친거슬

평양(野戰病院)야전병원의 둥변이락누를흥며 그글을일거셔 늬귀에 들

녀쥬던일이어졔갓치 싱각이나면셔 되판향에셔 옥을쑤고 우리어머니가

혹사라셔이셰상에 잇슬싸흥는 싱각이다 우리어머니

논졍영히 물에썬저 도라가신거시라 되동궁흐르는눈물에 고기밥이되얏슬

거시니 엇지 모란봉에 그쳐럼 긔구잇게장사를 지닛스리오

옥년이가 부모성각은 아조든렴흥기로쟝뎡흥고 졔신셰는 운슈도야가는티

로두고보리라흥고 졍신을가다드머셔 공부흥던칙을 늬여놋코 마음을부치

니 이삼일지는후에는 다시셔칙에 착미가되얏더라

호로는(썬이) 가신문지혼장을가지고 옥년의방으로오더니 그신문을 옥년

의압헤펼쳐놋고 (썬이)의손싸락이 신문지광고를 가르친다

옥년이가 그광고를보다가 깜짝놀라셔 눈물이펑々쏘다지면셔 얼골은불개

지고 우슘반 눈물반이라

옥년이가 조흔마음에띄여셔 광고를뜻까지 다보지못ㅎ고 우둑허니안젓다

가 또광고를본다 옥년의마음에 다시의심이는다 일젼쑴에 모란봉에가셔

우리부모손소에 갓던일이그거시쑴인가 오날신문지의 광고보는거시 쑴인

가혼번은 영어로보고

혼번은 죠션말로보다가

필경은 한문과 죠션언문을 석거번역ㅎ야놋고 보더라

　광고

지나군열소혼날 황셕신문잡보에 한국녀학싱 김옥년이가 아무학교졸업

우등싱이라는 긔ㅅ가잇기로 그유ㅎ는(호텔)를 알고죠ㅎ야 이에광고ㅎ

오니 누구시던지 옥년의유ㅎ는 (호텔)을 이고빅인의게 알려쥬시면 상

당흔금으로(十留)십유(미국돈십원)을 양명ㅎ소

한국평안도평양인김관일　고백

헌슈。。。。。。。。。。。。。。。

의심업는옥년의 부천이 혼광고라

(옥)여보 (쏘이)이신문을가지고 놀싸러가면 우리부천이(十留)셥유 의

상금을줄거시니 지금으로갑시다

(쏘이)늬ㄱ 상금탈공은업스니 상금은원천아니ㅎ나(貴孃)귀양을빈힝ㅎ

야ㄱ셔부녀 셔로만ㄴ 깁버ㅎ시는모양보앗스면 ㄴ도이 (호텔)에셔 멋

히ㄲ 귀양을뫼시고 잇던정분에 귀양을싸라 깃버ㅎ고즈함니다

옥연이ㄱ 그말을듯고 더욱깃버ㅎ야(쏘이)를다리고

그부천잇는 처소를차저ㄱ니 셥연풍상에 셔로환형이된지라 셔로보고 셔

로아라보지 못홀지경이라 옥연이ㄱ 신문광고와 명함혼장을ㄱ지고 그부

천읍혜로ㄱ셔 남의게쳐음 인사ㅎ듯 듸단이셔어혼인사를 하다ㄱ셔로분명

혼말를듯더니 옥연이ㄱ일곰살에 응셕하던마음이 시로히ㄴ셔 분천의무릅

우에 얼골를폭슉이고 쇼리업시우ㄴ듸 김관알의눈물은 옥연의머리뒤에쩌

러지고 옥연의눈물은 그부천의 무릅이젓ㄴ다

(부)이익 옥년아 그만이러ᄂ셔 너의어머니 편지ᄂ보아라

(옥)응 어머니 편지라니

어머니가 사랏소

무슨변이ᄂ는드시 깜짝놀나ᄂ는모양으로 고개를번짝드ᄂ는듸

그 부천은 제눈물씨 슬싱갉은 아니ᄒ고 수건울가지고 옥년의 눈물를씨스

니 옥년이가 그리어려졋던지 부천이 눈물씨셔쥬ᄂᄃ 고개롤듸밀고 잇더라

감관일이가 가방을열더니 슈지뭉치롤늬여 놋고 뒤적뒤적하다가 편지ᄒ장

을집어쥬며 하ᄂ말이

이익 이편지를 자셰아보아라이편지가 졔일먼져온 편지다

옥년이가 그편지를 바다보니 옥년이가 그모천의 글시를모ᄂ는지라 가령

옥년이가 졍신이죠흐면 그모쳔의얼골은 싱녹훌런지모르거니와 옥년이일

곱살에 언문도모를ᄯᅢ에 모친을ᄯᅥᄂ지라 지금 그편지를보며 ᄒ눈말이 나

ᄂ 우리어머니글시도모르지 어머니글시가 이럿튼가ᄒ면셔 부친의압헤펼

처 놋코본다

상장

떠ᄂ신지 삼삭이못되얏스 ᄂ평양에게서던일은 전싱일갓ᄉᆞᆸ 만리타국에셔

슈토불복이ᄂ 되시지아니ᄒᆞ고 긔운평안ᄒᆞ오신지 굼ᄉᆞᄒᆞᆸ기 츙양엽ᄉᆞᆸᄂ

이다 이곳의 지닌풍샹은 말삼ᄒᆞ기 신신쳐아니ᄒᆞ오ᄂ 되강소식이ᄂ 아르

시도록 말삼ᄒᆞ옵ᄂᆞ이다 옥년이ᄂ 어듸가셔쥭엇ᄂᆞᆫ지 다시소식이묘연ᄒᆞ고

이곳은 쥭기로결심ᄒᆞ야 듸동ᄋᆞᆼ물에ᄲᅡ졋더니 빅ᄉᆞ공과 고쟝팔의게건진빅

도야 사랏다가 부소녀 이곳쳔졍ᅀᅡ바님이 평양에오서셔 ᄉᆞ랑에셔 미국가

셧다ᄂ말솜을 젼ᄒᆞ야쥬시니 그후로부터 마음을붓쳐ᄉᆞ라잇ᄉᆞᆸ 셰월이어셔

가셔 고국에도라오시기문 기다리압ᄂᆞ이다

그러ᄂ사랑에셔는 몃십년을 아니오시더린도 이셰샹에게신줄를 알고잇사

오니 위로가되오나 옥년이ᄂ 문나보려ᄒᆞ면 황쳔에 가기젼에ᄂ 못볼터이

오니 그거시 한되ᄂ일아압 말삼무궁ᄒᆞ오ᄂ 이만긋치읍ᄂᆞ이다

옥년이가 그 편지를보고

ᄲᅥ가녹ᄂ듯ᄒᆞ고 몸이슬어지ᄂ듯ᄒᆞ야 감아니안젓다ᄀᆞ

(옥)아버지 ᄂ눈ᄂᆡ일이라도 우리집으로 보ᄂᆡ쥬시오

날개ᄀ돗쳐스면 지금이라도 나라가셔 우리어머니얼골을보고 우리어머

니혼을 푸러 드리고십소

(부)네가 고국에 가기가 그리밧불거시아니라 우션네가 고싱ᄒᆞ던 이약기

ᄂᆞ어셔좀 ᄒᆞ여라

네가엇더케사라낫스며 엇지여긔를왓ᄂᆞ냐

옥년이가얼골빗을 천연이ᄒᆞ고고쳐안떠니 모란봉에셔 총맛고(野戰病院)야

전병원으로가든일과 (井上軍醫) 정상군의의집에가든일과 뒤판셔학교에셔

졸업ᄒᆞ든 일과 불ᄒᆡᆼ한 스긔로 뒤관을떠ᄂᆞ든일과 동경가ᄂᆞᆫ긔ᄎᆞ을타고구

완셔를만ᄂᆞ셔 졀쳐봉싱ᄒᆞ든일을 낫낫치말ᄒᆞ고 그말을맛치더니 다시얼

골빗이변ᄒᆞ며 눈물이 도니 그누물은 부모의졍에 관게한 눈물도아니오 제

신셰싱각ᄒᆞᄂᆞᆫ 눈물도아니오 구완셔의은혜를 싱각ᄒᆞᄂᆞᆫ눈물이라

(옥)아버지 아버지게셔 날갓ᄒᆞᆫ불효의ᄯᆞᆯ를 문나보시고 깃부신마음이 잇

거든 구씨를차져보시고 쳐스의말슴을 ᄒᆞ여쥬시면 조케슴니다

감관알이가 그말을듯더니 그길로옥연이를다리고 구씨의유ᄒᆞᆫᄂᆞᆫ쳐소로 차

저가니 구씨는 김관일를 문ᄂᆞ보민 옥년의부쳔를 본것갓치아니ᄒᆞ고 제

부쳔이ᄂᆞ 문ᄂᆞᆫ드시 반가온마음이잇스니 그마음은 옥년의깃버ᄒᆞᄂᆞᆫ마음이

닉 마음긧분거시느 다름업눈데셔 느오눈마음이오 김씨눈구씨를보고 닉샬

옥년를 문나본거시느 다름업시본가오니 그두사람의마음이 그러흘일이라

김씨가 구씨를딕흥야 흥눈말이 간둔흔 두마딕쑨이라

흔마딕눈 옥년이가 신셰지흔쳐사오

흔마딕눈 구씨가 고국에 도라간뒤에 옥년으로흥여금 구씨의긔최를밧들고

빅년기약밋기를 원흥눈지라

구씨눈 본리활발흥고 것칠것업시 수죽흥눈사람이라

옥년이를 물꼬름아 보더니

(구)이이 옥년아

어ー실쳬하엿구

남의집 쳐녀더러 쏘 희라흥얏구나

우리가 입으로조션말은 흥더릭도 마음에눈 셔양문명한풍속이 저젓스

니 우리눈혼인을흥여도 셔양사람과갓치 부모의명녕을 좃칠거시아니라

우리가 셔로부人됩마음이잇스면 셔로직졉흥야 말흥눈거시 오른일이다

그러나 우션말부터 영어로 슈쟉흥즈 조션말로흥면 입에익은말로 외짝

하면셔구 씨가영어로 말을하는되 구씨의학문은 옥년이보다되 단이 놉푸

느 영어눈 옥년이가 구씨의 션싱 노릇이라도 할만한터이라

그러느 구씨눈 셧투른영어로 수작을하는되 옥년이눈 조션말로 둔졍이되

답하더라

김관일은 쏠의혼인 언론을하다가 구씨가셔양풍속으로 즉졉언론하즈하눈

셔슬에 옥년의혼인 언약에 좌지우지할 권리가업시 감만이안젓더라

옥년이눈 아무리죠션계졉아히이느 학문도잇고 개명한싱각도잇고 동셔양

으로든기면셔 문견이놉흔지라 셔슴지아니하고 혼인언론인되 답을하눈되 구

씨의소청이잇스니 그소청인즉 옥년이가구씨와 갓치멋히든지 공부를더심

써하야 학문이유여한후에 고국에도라가셔 결혼하고 옥년이눈 조션부인

교육을 맛듯하기를청하눈 유지한말이라 옥년이가 구씨의권하눈말을듯고

한 죠션부인교육할마음이 간졀하야 구씨와혼인언약을 미지니

구씨의목젹은 공부를심써하야 귀국한뒤에 우리느나라를 동일국갓치연방도

을삼으되 일본과만쥬를 한되합하야 문명한하국을 맨들고즈하눈(비스믹)

갓한마음이 오옥년이 눈공부를심써 ᄒᆞ야귀국한뒤 에우라나라부인의지식을

널려셔 남자의게 압졔밧지말고 놈즈 와동등권리를 찻계ᄒᆞ며 ᄯᅩ부인도나라

에 유익한빅셩이되고 소회상에 명예잇눈ᄉᆞ롬이되도록 교휵할마음이라

셰상에 제목젹을 제가즈기ᄒᆞᄂᆞᆫ것갓치 질거운일은 다시업눈지라 구완셔

와 옥년이가 ᄂᆞ이어려셔 외국에간사롬들이라 죠션사롬이 이럿케야만되

고 이럿케용널한쥬을 모로고 구씨던지 옥년이던지 죠션에도라오눈날은

죠션도유지한 사롬이만히잇셧 학문잇고 지식잇눈사롬의 말을듯고 일

를찬셩ᄒᆞ야 구씨도 목젹되로되고 옥년이도 제목젹되로죠션부인의 일졔

히 니교휵을바다셔 낫ᄉᆞ시 ᄂᆞ와갓한학문잇눈 사롬들이 만히싱기려니 싱

각ᄒᆞ고 일변으로깃분마음을 이기지못ᄒᆞᄂᆞ거슨 졔ᄂᆞ라형편모르고 외국에

유학한소년학싱 의긔에셔 ᄂᆞ오눈마음이라

구씨와옥년이가 고목젹되로 되든지못되든지 그거슨후의닐이어니와 그날

은두사롬의마음에는 혼인언약의죠흔마음은 오히려둘지가되니 옥년이낙

지이후에눈 어러한질거운 마음이쳐엄이라

김관일은 옥년를만나보고 구완셔를 사위감으로뎡ᄒᆞ고 구씨와옥년의목젹

이 그럿듯 긔이한말을드르니 김씨의조흔마음도 측양홀수업눈지라

미국화성돈에엿더흔 (호텔) 에셔눈 옥년의부녀와 구써가솟쌀곳치 느러안

져셔 그럿듯회ㅅ낙ㅅ흔듸 셰샹이고르지못ㅎ야 조션평양셩 북문안에 게썩

지긋치 나진집에셔 슘슘젼부터 남편업고 ㅈ녀군에 혈류업고 지물업시지

늬눈부인이잇스되 십년풍샹에 남보다만흔것 흔가지가 잇스니 그만흔것

은 근심이라

그부인이 남편이쥭고 업눈냐홀지경이면 쥭지도아니흔터이라 쥭고업눈터

이면 달렴ㅎ고 싱각이느아니ㅎ련마눈 늙만리를리별ㅎ 야망부셕이될듯ㅎ

졍졍이오 자녀군에 혈뉵이업눈거슨 싱산을못ㅎ얏느냐 무를진듸 쓸 ㅎ느

롤두고 아들겸딸겸 ㅎ야금옥갓치귀의ㅎ다가 일곱살되던힉에 일엇더라

눈압헤 참쳑을보앗느냐 물롤진듸 그부인은 말업시 눈물만홀리더라 눈압

헤보이눈데셔느 쥭엇스면 흔이느업스련마눈 어듸셔쥭어눈지 아지도못ㅎ

니 그거시 흔이러라

마참 새마귀 한마리가 집붕우에느려오더니 쌔막 쌔막짝ㅅ짓는소리가 흉

측ㅎ게들니거날 부인이 꿈쌋든눈을쪄셔 장팔어미를보며 ㅎ눈말이

여보게 저싹마귀소티좀 드러보게 또 무솜흉한일이 싱기려느 벼싸마귀

눈 영물이라눈듸 무솜일이 또 잇슬런지 모르깃네

팔즈긔박한녀편네가 오릭사랏다가 험한일을 더보지말고 오날이라도죽

어스면 좃케네 요사이눈 미국셔 편지도아니오니 왼일인고

긔운업눈복쇼릭도 서름업시 탄식ᄒᆞᆫ눈모양은 아모가보던지 죠혼마음은아

니눌터인듸 늘고쳥승스러운쟝팔어미가 부인의그 모양을보고 부인이쥭으

면 싸라쥭을듯한 마암도잇고 싸마귀를 쳐쥭이고시푼 마암도싱겨서 마당

으로 펄々뛰여 누려가서 집붕우를쳐어다보면셔 싸마귀의게 헛팔민질를허

며 욕을한다

슈여ー 이경칠놈의 싸마귀 포슈들은 다어듸로군누

소곰쟝스ー

비어미ー

죠션풍속에 싸마귀보고ᄒᆞ눈욕은 쟝팔어미가 모루눈것업시 쥬어셤기며소

리를 버럭버럭지르니 그싸마귀가 펼쳐나라 공즁에 럭피ᄯᅳ더니 책々지

지며 모란봉에로 향ᄒᆞ거눌 부인의눈은 싸마귀를싸라셔 모란봉에로가고

로파의 육흥눈소리는 싸마귀소리를 짜라군다

우짜쓴 벙거지쓰고 감장 홀틱바지 저구리입고 가죽쥬머니머이고 문밧게

와셔 안중문을기웃々々흥며 편지바다드려가오 편지바다드려가오 두셰번

소리흥눈거슨 우편군스라 장팔의어미가싸마귀의게 열이잔뜩낫던초에엇

더한스룸인지 무슴말인지 자셔이듯지도아니흥고 질부등거리째여지눈 소

리갓한 목소리로 우편군스에게 싸닥업눈화푸리를한다

윈스룸이 남의집안마당을 흠부루드려다보이

이뒥에눈 사랑양번도 아니계신뒥인뒥 윈졀문연셕이 양반의뒥안마당을

드려다보아

(우편군사)여보 누구더러 니년셕져년셕흥오 체젼부눈 그리문문한줄로

아오

어딕말좀흥여붑시다 이리좀느오시오

눈눈 편지젼흥러온것외에눈 아무것도 잘못흔것업소

(부)여보게 흘멈 자네가 누구와 그럿케쏘나

우체사령이 편지를ㄱ지고왓다흥니 미국셔셔방님이 편지를부치셧느뱌

어셔바다 드려오게

（로파）올치 우쳬사령이로구

늘군사람이 눈어두어셔。。。。。。。。。。。。。

어셔편지나 이리쥬오 앗써쎄갓다드리게。。。。。。。。

우쳬사령이 처엄에 로파구 소리를지를써에는 늙은사람 망녕으로알고 말

을 예사로훙더니 로파가 잘못한쥴를쌔 닷고 말훙는 눈치를보더니 그쌔는

우쳬사령이 산 목을쓰고 되여든다

（우）이런제어미。。。。。。。。。。。。。。。。。。。。。

늬가 쳬젼부둔기다가 이런썰은 처엄보앗네

남더러 무슨턱으로 욕을훙오 늬가 아무리 밧바도 말좀무러보고 갈터이

오

훙면셔 소리를버럭々々 지르고 되여들며 편지들나 훙는말은 되듭도아니

훙니

평양사름의 쎄엄훙러되 드는셔슬은금 방쥭어도 몸을익기지아니훙는 셩졍

이라

로파가 샤마귀의게 화풀이할쎄 갓흥면 우쳬사령의게 몸부림을흥고 죽어

도 그화가 풀어지소아니흘터이ᄂᆞ 미국셔편지왓다 흥눈소리에 그화가 다

풀어젓더라 그화만풀 러질뿐이아니라 우쳬사령의 쎄거리싸지 밧고잇ᄂᆞᆫ

듸 부인은 어셔봇비 편지볼마음이잇셔셔 뇌외흥기도 이젓던지 즁문짠에

로 뛰여ᄂᆞᆨ셔 로파를쑤짓고 우쳬사령을달닉고 옥연의뫼에 가지고가려

하던술과 실과를뇌여다 먹인다

우쳬사령이 금방살안할듯흥던 위인이 로파더러 할머니 할머니흥며 푸러

지는듸 그집에셔 부리던하인과갓치 친슉흥더라

로파가 편지를바다셔 부인의게드리니 부인이그편지를들고 겻봉쓴거슬보

더니 쌈짝놀라셔 의심을흔다

(로파) 앗씨 무엇을그리흥심닛ᄀ

(부) 응 감아니잇게

(로파) 셔방님게셔 붓치신편지오닛ᄀ

(부) 아닐셰

(로) 그러면 부산셔 쥬사ᄂᆞ리게셔 흥신편지오닛ᄀ

（부）아니

（로）예그 어셔 말솜좀 시연이ㅎ여 쥬십시오

（부）글시는 처음보는 글시일셰

본릭옥연이ㄱ 일곱살에부모를쩌낫는딕 그쌔는 언문한즈 모를쩌라 그후에
일본가셔심상소학교 졸업ㅅ지ㅎ양스ᄂ 죠션언문은 구경도못ㅎ양더니 그
후에 구완셔와갓치 미국갈씨에 틱평양을건너 가는동안에 구완셔가 ᄉ르
쳔언문이라 옥연의모친이 엇지옥연의 글시를아라보리오 부인이편지를바
다보니 것면에는

　　　한국평안남도평양부북문닉 김관일실닉　쳔젼

　한편에 는 미국화성돈○○○○○○○호텔

　　　　　　　　　옥년상살이

잔셔글짜는 부인이 흔즈도 아라보지못ㅎ고 담안（옥년상살이）라흔 글짜만
아라보앗스ᄂ 글시도모르는글시오 옥년이라흔거슨 불사룩의심만난다
（부인）여보개 할멈 이편지가지고왓던 우톄사령이 발셔군느
이편지가 졍녕우리집에 오는것인지 즈셔이무러보더면 죠흘번ㅎ양네

(로파)우익 거긔쓰히지 아니ᄒ얏슴니가

(부인)훈편은진셔오 훈편에도 잇고 언문도잇눈디 진셔ᄂ 무엇인
지 모르깃고 언문에ᄂ 옥년상살아라썻스니 이상훈일도잇네

셰상에 옥년이라ᄒ눈일홈이 ᄯㅗ잇눈지 옥년이라ᄒ눈일홈이 ᄯㅗ잇더라도

닉게편지훌만훈 스름도업눈티◦◦◦◦◦◦◦◦◦◦

(로파)그러면 ᄌ근앗씨의 편지인가보이다

(부인)에그 쑴갓튼쇼리도하네

쥭은옥년이가 닉게편지를 엇지ᄒ여◦◦◦◦◦◦◦◦◦◦◦◦

ᄒ면셔 ᄯㅗ한숨을쉬더니 얼골에 쳐량한빗시 다시눈다

(로파)앗씨 앗씨 두말슴말고 그편지를 ᄯ더보십시오

부인이 화심에 편지를 박ᄉ쓰더보니 옥년의편지라

모란봉에셔 지닌일붓터 미국화셩돈(호텔)에셔 옥년의부녀가 승봉ᄒ야 그

모친의편지보던 모양ᄭ지 거린듯시자셰히 한편지라

그편지붓쳐던눈은 광무뉵년(음녁)칠월십일일인티 부인이 그편지바더보

던눈은 임인년음녁팔월십오일이러라

아릭권은 그녀학싱이 고국에 도라온후를 기다리오

（上編終）

광무십일년삼월이일인쇄

광무십일년삼월십칠일발행

륭희이년삼월이십일인쇄

륭희이년삼월어십칠일발행

新小說
血의淚
혈의루일칙
뎡가금이십전

져작인 경성남문외도동일빅구십구룡십오호
리인즉 李人稙

발힝인 포병하 김상만 金相萬

발민쇼 중셔포병흥광학셔포
김상만칙소 명치뎡삼녕목

인쇄쇼 일한인쇄쥬식회샤

판권
소유

CLASSICO

Part of Cow & Bridge Publishing Co.
Web site : www.cafe.naver.com/sowadari
3ga-302, 6-21, 40th St., Guwolro, Namgu, Incheon, #402-848 South Korea
Telephone 0505-719-7787 Facsimile 0505-719-7788 Email sowadari@naver.com

신소설 혈의루 血淚

Published by Cow & Bridge Publishing Co.
First original edition published by Kwanghakseopo, Korean Empire
This recovering edition published by Cow & Bridge Publishing Co. Korea
2016 © Cow & Bridge Publishing Co. all rights reserved.

혈의 누
대한제국 융희2년 광학서포 오리지널 디자인

지은이 이인직 | **디자인** Edward Evans Graphic Centre
1판 1쇄 2016년 8월 15일 | **발행인** 김동근 | **발행처** 도서출판 소와다리
주소 인천시 남구 구월로 40번길 6-21 제302호
대표전화 0505-719-7787 | **팩스** 0505-719-7788 | **출판등록** 제2011-000015호
이메일 sowadari@naver.com
ISBN 978-89-98046-74-3 (04810)